যুদ্ধ কলা

(আর্ট অফ ওয়ার)

সুন তজু

ডায়মন্ড বুক্স

www.diamondbook.in

প্রকাশক   ঃ ডায়মণ্ড বুক্স (প্রা.) লিমিটেড
X - 30, ওখলা ইণ্ডাস্ট্রিয়াল এরিয়া, ফেজ - II
নৃতন দিল্লী - 110 020

ফোন   ঃ 011 - 40712200
ই-মেল   ঃ wecare@diamondbooks.in
ওয়েবসাইট   ঃ www.diamondbooks.in

Yudh Kala (Art of War) (Bangali)

By : Sun Tzu (বঙ্গানুবাদ - সুমনা চক্রবর্ত্তী)

‘আপনি যদি এই পুস্তকটি আত্মস্থ করতে পারেন, তাহলে নেতৃত্ব পরিচালনার উপর ভিত্তি করে লেখা বাকি সমস্ত পুস্তক পরিত্যাগ করতে পারেন।”   নিউজউইক

অনুবাদকের কথা...

সুন তজু-র জন্ম ৫৪৪ খ্রিস্টাব্দে হয়েছিল, সেই সময় সারা বিশ্বে সম্মানের সাথে তাঁর নাম উচ্চারণ করা হত। তাঁর রচিত 'আর্ট অফ ওয়ার' সারা বিশ্বের পাঠকের মনে আলোড়ন তুলে দিয়েছিল, তাঁর লেখা প্রতিটা কথা আজও তাঁর পাঠকদের অন্তরে গেঁথে আছে। 'আর্ট অফ ওয়ার' অর্থাৎ 'যুদ্ধের কলা' তাঁর এমন এক সৃষ্টি, যার ভেতরে সংবেদনশীল শব্দের ভাণ্ডার খুঁজে পাবেন। যারা জীবনে সফলতা অর্জন করতে চায়, তারা যাতে এই পুস্তক পড়ে নিজেদের জীবনের পথে এগিয়ে যেতে পারে, সেই উদ্দেশ্যেই এই পুস্তক রচনা করেছিলেন তিনি।

সুন তজু-র সংক্ষিপ্ত পরিচয়

পূর্ব এশিয়ার জনপ্রিয় ঐতিহাসিদের মধ্যে অন্যতন ছিলেন সুন তজু। তিনি ছিলেন প্রাচীন চিনের বাসিন্দা, সৈন্যদের জেনারল হওয়ার সাথে সাথে রণনীতিতে দক্ষ ছিলেন তিনি। ঐতিহাসিকগণেরা মনে করেন খ্রিস্টাব্দ ৫৪৪—৪৯৬-এর মধ্যে তাঁর জীবনকাল অতিবাহিত হয়েছে। সুন তজু-র প্রকৃত নাম ছিল সুন বু। এই নামটা ছিল খুবই জনপ্রিয়, যার অর্থ হল 'মাস্টর সুন'। তাঁর রচনা 'আর্ট অফ ওয়ার'-এর জন্য সারা পৃথিবী-তে তিনি জনপ্রিয়তা অর্জন করেছিলেন। যুগের পর যুগ কেটে গিয়েছে, কিন্তু তাঁর রচনাতে এতটুকু ঘুন ধরেনি। প্রাচীন কালের সাহিত্যের মধ্যে এই সাহিত্য নিজের একটা আলাদা স্থান করে নিতে সক্ষম হয়েছে।

'আর্ট অফ ওয়ার' অর্থাৎ 'যুদ্ধের কলা' যুদ্ধ ও সৈন্যদের রণনীতির উপর ভিত্তি করে লেখা এক গুরুত্বপূর্ণ গ্রন্থ। নেপোলিয়ান, মাও জেডংস, ফিদেল কাস্ত্রো, জোসেফ স্টালিন এবং জেনারল ডগলস ম্যাকআর্থার -এর মতো মহান যোদ্ধারা তাঁদের পরিচালিত অগণিত যুদ্ধে এই রণনীতি সম্বল করেই এগিয়ে গিয়েছেন ও জয়লাভ করেছেন। যুদ্ধ চলাকালীন চিনের সম্রাট ও শাসকরা এই গ্রন্থের থেকে নিজেদের এগিয়ে চলার পথ খুঁজে পেয়েছিলেন। সৈন্য বিজ্ঞানের উপর লেখা আর কোনও পুস্তক পাঠক মনে এতটা স্থান করে নিতে পারেনি, যতটা 'আর্ট অফ ওয়ার' করে নিতে পেরেছে। তাই এই পুস্তক জনপ্রিয়তার শীর্ষে পৌঁছাতে পেরেছে। সুন তজুর এই উৎকৃষ্ট কীর্তি আজ পর্যন্ত পৃথিবীর বহু ভাষায় অনুবাদ করা হয়েছে এবং বিগত কয়েক শতাব্দী ধরে বহু পুস্তক বিক্রীও হয়েছে।

এই পুস্তক তেরোটা অধ্যায়ে বিভক্ত। বিভিন্ন উপযোগী পয়েন্টের উপর ভিত্তি করে এই পুস্তক লেখা হয়েছে। যুদ্ধের প্রায় প্রতিটা দিক এই পুস্তকে তুলে ধরার চেষ্টা করা হয়েছে - সৈন্য রণনীতিতে চোখ-কান খোলা রাখার গুরুত্ব থেকে গুপ্তচরদের প্রয়োজনীয়তা পর্যন্ত এবং সৈন্যদের উপাচার থেকে শুরু করে পরাজিত করার প্রক্রিয়া সবই বর্ণিত আছে। এই পুস্তকে কূটনীতি, অন্য রাজাদের সাথে সম্পর্ক গড়ে রাখা এবং যুদ্ধের সময় কীভাবে সংঘর্ষের হাত থেকে বাঁচা যায়, সেই সমস্ত বিষয় লিপিবদ্ধ করার চেষ্টা করা হয়েছে।

এই অতি প্রাচীন পুস্তক আমাদের যে শিক্ষা প্রদান করে, তা আজও সমান ভাবে প্রাসঙ্গিক। এই পুস্তকটি প্রকাশিত হওয়ার পর প্রায় কয়েক যুগ কেটে গিয়েছে, তবে আজও যে সমস্ত ক্ষেত্রে সক্রিয় প্রতিদ্বন্দ্বিতা দেখা যায়, সেই সমস্ত জায়গায় এই পুস্তকে লেখা সমস্ত নির্দেশ গুলি প্রয়োগ করে দেখা যেতে পারে। উদাহরণ স্বরূপ, পৃথিবীর বেশ জনপ্রিয় কিছু নেতা তাঁদের প্রতিদ্বন্দ্বীদের পরাজিত করার জন্য সুন তজ়ু-র লেখা রণনীতি গুলি প্রয়োগ করে দেখেছিলেন। বাস্তবে, সুন তজ়ু-র কিছু অনুগামী আধুনিক পুঁজিবাদী সমাজে লাভবান হওয়ার জন্য কীভাবে এই সিদ্ধান্তের প্রয়োগ করা যেতে পারে, তার উপর কিছু পুস্তক লিখেছিলেন। শুধুমাত্র পণ্ডিতগণ, ঐতিহাসিক ও প্রাচ্যবাদীদের জন্যই যে এই পুস্তক গুরুত্বপূর্ণ তা কিন্তু নয়, বরং সেই সমস্ত মানুষদের জন্য এই পুস্তক গুরুত্বপূর্ণ, যারা এশিয়া এবং বিশেষ করে চিনের ইতিহাস ও সংস্কৃতি জানার জন্য আগ্রহী।

❖

বিষয় সূচি

১

পরিকল্পনা গড়ে তুলুন

১. সুন তজু বলেছিলেন—যেকোনও রাজ্যের জন্য যুদ্ধের কলা খুবই গুরুত্বপূর্ণ।

২. এটা জীবন ও মৃত্যুর মামলা। কারণ হয় এটা সুরক্ষার পথ তৈরি করে দেয়, আর তা না হলে সব ধ্বংস করে দেয়। অর্থাৎ এই বিষয় এমন কিছু পরীক্ষা-নিরীক্ষার বিষয়, যেটাকে কোনও ভাবেই উপেক্ষা করা যায় না।

৩. যুদ্ধের কলা-কে পাঁচটা স্থায়ী প্রক্রিয়ার দ্বারা নিয়ন্ত্রণে রাখা যেতে পারে। সেই বিচার গুলিকে মাথায় রাখাটা খুবই জরুরি, যুদ্ধের ময়দানে আপনি কোন পরিস্থিতির মুখে পড়বেন, তা আগে থেকেই নির্ধারণ করে রাখাটা খুবই জরুরি।

৪. সেই পাঁচটি জরুরি বিষয় হল —
   ১. নৈতিক নিয়ম
   ২. স্বর্গ
   ৩. পৃথিবী
   ৪. সেনানায়ক
   ৫. প্রণালী ও অনুশাসন

৫. এবং ৬. শাসক ও প্রজাদের মধ্যে সংযোগ গড়ে তুলতে সাহায্য করে এই নৈতিক নিয়ম। এই কারণেই লোকেরা কোনও রকম বিপদের কথা মাথায় না রেখেই, নিজেদের জীবনের পরোয়া না করে, তার অনুসরণ করে থাকে।

৭. স্বর্গ রাত ও দিন, ঠাণ্ডা ও গরম, ঋতু ও আবহাওয়ার দ্যোতক।

৮. পৃথিবীতে বড় এবং ছোট দূরত্ব, বিপদ ও সুরক্ষা, উন্মুক্ত ময়দান ও সংকীর্ণ রাস্তা, জীবন ও মৃত্যুর অবসর দেখা যায়।

৯. সেনানায়ক জ্ঞান, সততা, পরোপকার, সাহস ও কঠোরতা-র মতো গুণ গুলি ধারণ করে দৃঢ়তার সাথে টিকে থাকে।

১০. প্রণালী ও অনুশাসন বলতে বোঝায়, নিজেদের উপবিভাগ গুলিতে সেনাদের সংগঠিত করা, আধিকারিকদের তাদের যোগ্যতা অনুসারে সঠিক পদে নিয়োগ করা, সঠিক রাস্তাঘাট প্রস্তুত রাখা, যাতে সময় মতো সেনাদের কাছে সমস্ত কিছু পৌঁছে যেতে পারে। আর সেনাদের খরচও নিয়ন্ত্রণে রাখা সম্ভব হয়।

১১. প্রত্যেক জেনারেলকে এই পাঁচটা স্থায়ী কারণের সাথে অবশ্যই পরিচিত হতে হবে। যে এই বিষয় গুলি সম্পর্কে জানবে, তার জয় নিশ্চিত। যে এই বিষয় গুলি সম্পর্কে জানতে পারে না, তার পরাজয় নিশ্চিত।

১২. যখন আপনি নিজের বিচার-বিবেচনার দ্বারা সৈন্যদের পরিস্থিতি নির্ধারণ করতে সক্ষম হবেন, তখন সেই কারণ গুলিকে নিজের তুলনাত্মক অধ্যয়নের আধার করে তুলুন।

১৩. ১. দুটি দেশের মধ্যে কোন দেশ নৈতিক নিয়মের পালন করছে।

   ২. দু'জন জেনারেলের মধ্যে কোন জেনারেলের যোগ্যতা বেশি।

   ৩. স্বর্গ আর পৃথিবী থেকে যে লাভ পাওয়া যায়, তা কার সাথে আছে।

   ৪. কোন পক্ষে অনুশাসন কঠোরতার সাথে পালন করা হয়, তা প্রয়োগ করার চেষ্টা হয়।

   ৫. কোন পক্ষের সেনা অধিক শক্তিশালী?

   ৬. কোন পক্ষের অধিকারী ও সৈনিকরা অধিক প্রশিক্ষিত?

   ৭. কোন পক্ষের সেনাদের পুরস্কার ও দণ্ড দেওয়ার ক্ষেত্রে অধিক স্থিরতা লক্ষ্য করা যায়।

১৪. এই সাতটি বিচারের মাধ্যমে জয় ও পরাজয় সম্পর্কে অনুমান করা যায়।

১৫. যে জেনারলরা আমার পরামর্শ মানবে, সেই অনুসারে চলবে, সে অবশ্যই জিতবে। এমন জেনারেলদের হাতেই সেনাদের নিয়ন্ত্রণের লাগাম দেওয়া

উচিত। যে জেনারলরা আমার কথা গুলি শোনার প্রয়োজন মনে করে না, যারা সেই অনুসারে চলার চেষ্টা করে না, তাদের জন্য পরাজয় নিশ্চিত। এমন জেনারেলকে কোনও রকম বিলম্ব না করেই দল থেকে নির্গত করে দেওয়া উচিত।

১৬. আমি যে কথা গুলি বলতে চাইছি, সেই গুলির থেকে লাভবান হওয়ার চেষ্টা করুন। সাধারণ নিয়ম ও বাহ্যিক সহায়ক পরিস্থিতি গুলি ছাড়াও নিজেকে কীভাবে লাভবান করা যায়, সেটা দেখুন।

১৭. পরিস্থিতি কেমন, তা বিচার করে নিয়ে সেই অনুসারে যেকোনও একটা পরিকল্পনা সংশোধন করার চেষ্টা করুন।

১৮. বেশির ভাগ যুদ্ধ সামগ্রী ছলের উপর ভিত্তি করেই পাওয়া যায়।

১৯. তাই যখন আমরা হামলা করতে সমর্থ হব, তখন দেখে যেন অসমর্থ বলে মনে হয়। যখন নিজের শক্তির প্রয়োগ করবেন, তখন যেন আপনাকে দেখে নিষ্ক্রিয় বলে মনে হয়। যখন আপনি শত্রুর খুব কাছে থাকবেন, তখন যেন তাদের মনে হয়, আপনি তাদের থেকে অনেকটা দূরে আছেন। যখন আমরা দূরে থাকব, তখন বিশ্বাস করাতে হবে, আমরা অনেক কাছে আছি।

২০. শত্রুদের মন ভোলানোর জন্য প্রলোভন দেখাতে হবে। শত্রুদের এলাকাকে অব্যবস্থিত করে দিতে হবে, সুযোগ বুঝে ধ্বংস করে দিতে হবে।

২১. শত্রুদের সমস্ত মোর্চা গুলি যদি সুরক্ষিত হয়, তাহলে প্রস্তুত থাকুন। যদি তারা অধিক শক্তিশালী হয়, তাহলে নিজেকে বাঁচানোর চেষ্টা করুন।

২২. যদি আপনার প্রতিদ্বন্দ্বী রাগী প্রকৃতির হয়, তাহলে তাকে উত্তেজিত করার চেষ্টা করবেন না। আপনি নিজেকে দুর্বল দেখানোর চেষ্টা করুন, যাতে তার মধ্যে অহংকার এসে যায়।

২৩. যদি সে আরামে থাকে, তাহলে তার আরাম ছিনিয়ে নিন।

২৪. তার উপর হামলা করুন, সেখানে প্রকট হওয়ার চেষ্টা করুন, যেখানে সে আশা পর্যন্ত করতে পারেনি।

২৫. সৈন্যদের যে মূলমন্ত্র আপনার জয় নিশ্চিত করতে পারে, সেই গুলিকে গুপ্ত রাখার চেষ্টা করুন।

২৬. যখন কোনও জেনারেল যুদ্ধে জয়লাভ করে, তখন যুদ্ধের ময়দানে যাওয়ার আগে সে নিজের মন-মন্দিরে বেশ কিছু গণনা করে নেয়। যে জেনারল যুদ্ধে জয়লাভ করতে অসমর্থ, সে এই রকম ধরনের গণনা করেনা বললেই চলে। এই ধরনের সমস্ত গণনা জয়ের দিকে নিয়ে যায়। আর কিছু এমন গণনাও আছে, যা আপনার পরাজয়কে সুনিশ্চিত করে দেবে। এই বিষয় গুলির দিকে ভালো করে লক্ষ্য করলে আগে থেকেই বোঝা যাবে, যুদ্ধে কার জয়ের সম্ভাবনা প্রবল আর কার পরাজয়ের।

❖

২
যুদ্ধের প্রস্তুতি

১. সুন তজু বলেছিলেন —

পরিচালনার জন্য, যেখানে দ্রুতগতি সম্পন্ন এক হাজার রথ আছে, অনেক ভারী-বড় রথ আছে, সেইখানে এক লক্ষ ঢাল তলোয়ার সহ সৈন্য আছে, যাদের কাছে পাঁচশো কিলোমিটার যাওয়ার জন্য পর্যাপ্ত রসদ থাকে, ঘর ও মোর্চাতে অতিথিদের মনোরঞ্জ সহ আঠা ও রঙের মতো সামান্য বস্তু গুলিও থাকে, রথ ও যুদ্ধের উপকরণের জন্য খরচ করার মতো অর্থ যদি প্রতিদিনের হিসাবে এক হাজার রৌপ্য মুদ্রা পর্যন্ত পৌঁছে যেতে পারে, তাহলে বুঝতে হবে তার কাছে এক লক্ষ সেনার জন্য খরচ করার মতো ক্ষমতা আছে।

২. যখন বাস্তবে আপনি যুদ্ধের ময়দানে থাকেন, যখন জয়লাভ করতে অনেকটা সময় লেগে যাবে বলে মনে হয়, তখন সৈন্যদের হাতিয়ার গুলি ক্লান্ত বোধ করতে শুরু করে, সমস্ত জোশ যেন ঠাণ্ডা হয়ে যায়। যদি আপনি কোনও শহরকে ঘিরে নিয়ে বন্দি করার চেষ্টা করে, তাহলে সেখানই আপনার ক্ষমতা সমাপ্ত হয়ে যায়।

৩. যদি অভিযান দীর্ঘদিন ধরে চলে, তাহলে এমন পরিস্থিতিতে রাজ্যের যুদ্ধের উপকরণের ক্ষেত্রে ধীরে ধীরে ঘাটতি দেখা যায়, তাতে করে যুদ্ধের চাপ নেওয়ার ক্ষমতা ক্ষীণ হতে থাকে।

৪. যখন আপনার হাতিয়ারের গতি ধীরে হয়ে যাবে, আপনার শক্তি সমাপ্ত হয়ে যাবে, যখন আপনার অর্থ ভাণ্ডার ধীরে ধীরে শেষের পথে পৌঁছে

যাবে, তখন আপনার আশেপাশের লোকেরা এই অবস্থার সুযোগ নেওয়ার চেষ্টা করবে। তখন কোনও ব্যক্তি যতই চতুর হোক না কেন, তার পক্ষে কিছুতেই সেই পরিণামকে এড়িয়ে চলা সম্ভব হবে না।

৫.	যুদ্ধে মূর্খামি পূর্ণ তাড়াহুড়োর কথা আমরা সকলেই শুনেছি। কিন্তু তাহলেও দীর্ঘ দিন ধরে যুদ্ধ নিয়ে ব্যস্ত থাকাটাই ঠিক না।

৬.	দীর্ঘ সময় ধরে যুদ্ধ চালিয়ে লাভবান হয়েছে, এমন কোনও দেশের উদাহরণ আজ পর্যন্ত পাওয়া যায়নি।

৭.	দীর্ঘ সময় ধরে যুদ্ধ চললে তার পরিণাম কী হতে পারে, কেউ কেউ সেই বিষয়ে ওয়াকিবহাল, তারা যুদ্ধের কু-প্রভাব সম্পর্কে ভালো করেই পরিচিত থাকে।

৮.	যারা কুশল সৈন্য হয়, তারা কোনওদিন পুনরায় রসদ চায় না, রসদের বাহন গুলিকে তাদের দুইবারের বেশী ভরার প্রয়োজন হয় না।

৯.	যাত্রা করার সময় যুদ্ধ-সামগ্রী নিজের সঙ্গেই নিতে হবে, কিন্তু শত্রুদের নিজেদের খাদ্য মনে করতে হবে। তাতে করে সৈন্যদের কাছে, নিজেদের প্রয়োজনানুসারে পর্যাপ্ত খাদ্য থাকবে।

১০.	বহুদিন ধরে সেনাদের খরচ বহন করতে হলে, রাজ্যের অর্থ ব্যবস্থা ভারসাম্য হারায়। তখন সেই খরচ সাধারণ জনতার উপর থেকেই তোলার চেষ্টা করা হয়। তাতে করে সাধারণ লোকেদের অর্থনৈতিক অবস্থা বিপন্ন হয়, তাদের বিভিন্ন রকম সমস্যায় পড়তে হয়।

১১.	অন্যদিকে, সেনাদের উপর খরচ বৃদ্ধি পাওয়ার জন্য রাজ্যে বিভিন্ন দ্রব্যের দাম বৃদ্ধি করা হয়। আর এই মূল্যবৃদ্ধির কারণে লোকেদের জমানো পুঁজি শেষ হয়ে যায়।

১২.	যখন তাদের জমানো অর্থ শেষ হয়ে যায়, তখন কৃষকদের খুবই সমস্যার মধ্যে পড়তে হয়।

১৩.	এবং ১৪. জমানো অর্থ শেষ হয়ে যাওয়ার মানে শক্তির ক্ষয় হয়ে যাওয়া, যার ফলে লোকেদের ঘর খালি হয়ে যায়। তারা সেই সময় যে অর্থোপার্জন করে তার বেশির ভাগটাই খরচ হয়ে যায়। অন্যদিকে সরকার তখন ভেঙে যাওয়া রথ, আহত ও ক্লান্ত ঘোড়া, হেলমেট ও

যুদ্ধ বস্ত্র, তির-ধনুক, বর্শা ও ঢাল, রক্ষাত্মক মন্ত্র, গরুরগাড়ি এবং ভারী বাহনের উপর খরচ করে।

১৫. তাই একজন বুদ্ধিমান জেনারেল নিজের শত্রুদের প্রতি হামলা করার কথা বলে। শত্রুদের খাদ্য-সামগ্রীতে ভরা একটা বাহন সাধারণ কুড়িটা বাহনের সমান। শত্রুদের অন্যান্য সামগ্রীর ক্ষেত্রেও এই কথাটা সমানভাবে প্রযোজ্য।

১৬. শত্রুদের ধ্বংস করার জন্য আমাদের নিজেদের সৈন্যদের রাগিয়ে উত্তেজিত করে তুলতে হবে। তাতে করে সৈন্যদের হারানোর জন্য অনেকটা লাভবান হওয়া যাবে। তার জন্য সে অবশ্যই পুরস্কার লাভ করবে।

১৭. তাই রথের লড়াইয়ের সময় যখন দশটা বা তার বেশি রথ জয় করা সম্ভব হয়, তখন যারা সেই কাজ করতে সমর্থ হয়েছে, তাদেরকে পুরস্কৃত করা উচিত। তাদের জয় করা রথ গুলিতে নিজেদের পতাকা ওড়াতে হবে, এবং সেই রথ গুলিকে নিজেদের রথের সাথে মিলিয়ে নিয়ে যুদ্ধের জন্য ব্যবহার করতে হবে। যুদ্ধবন্দিদের সাথে সর্বদা দয়া দেখানো উচিত।

১৮. তাই শত্রুদের পরাজিত করে, নিজের শক্তি বৃদ্ধির কথা বলা হয়।

১৯. যুদ্ধের উদ্দেশ্য হল জয়লাভ করা। দীর্ঘ সময় ধরে যুদ্ধ টেনে নিয়ে যাওয়া নয়।

২০. এইভাবে একটা বিষয় বোঝা উচিত যে, সেনাধ্যক্ষ আসলে মানুষের ভাগ্যের নির্ণায়ক হয়ে ওঠে। এই সেনাধ্যক্ষই হল সেই ব্যক্তি, যার উপর দেশের শান্তি ও অশান্তি নির্ভর করছে।

৩

ছলনার সাথে আক্রমণ

১. সুন তজু বলেছিলেন — শত্রুদের দেশকে সম্পূর্ণ রূপে নিজের অধিকারে আনা, ব্যবহারিক যুদ্ধ কলার সবচেয়ে ভালো উদাহরণ। কোনও দেশকে ধ্বংস করে দেওয়া বা তার সর্বস্ব হরণ করে নেওয়াও এত ভালো উদাহরণ নয়। তাই যদি শত্রুপক্ষের সম্পূর্ণ সৈন্যদল, রেজিমেন্ট, অস্ত্র-শস্ত্র পুরোপুরি বাজেয়াপ্ত করে নেওয়া যায়, তাহলে তা ধ্বংস করার তুলনায় অনেক বেশি শ্রেয়।

২. তাই সমস্ত লড়াই লড়া ও তাতে জয়লাভ করাকে সর্বোৎকৃষ্ট বলা যায় না। যখন শত্রু পক্ষকে কোনওভাবেই প্রতিরোধ করার সুযোগ দেওয়া হয় না, তখন সেটাকে সর্বোৎকৃষ্ট বলা যেতে পারে।

৩. শত্রুদের পরিকল্পনা সম্পূর্ণ রূপে বোঝার মধ্যেই শ্রেষ্ঠ নেতৃত্ব প্রদানের বিষয়টা লুকিয়ে থাকে। শত্রুদের একত্রিত হতে না দেওয়ার মধ্যে লুকিয়ে আছে দ্বিতীয় শ্রেষ্ঠত্ব। এই হিসাবে পরবর্তী পর্যায় হল, যুদ্ধক্ষেত্রে শত্রুদের সেনার উপর আক্রমণ করা। আর সবচেয়ে খারাপ নীতি হল প্রাচীর দিয়ে ঘেরা শহরকে ঘেরাবন্দি করার চেষ্টা।

৪. যে শহর প্রাচীর দিয়ে ঘেরা থাকে, সেটাকে ঘিরে ফেলেও তেমন কোনও লাভ পাওয়া যায় না, এটাই নিয়ম। যদি এর থেকে বাঁচা অসম্ভব বলে মনে হয়, তাহলেও বাঁচার চেষ্টা করতে হবে। এই কাজের জন্য সুরক্ষার কথা মাথায় রেখে ঢাল প্রস্তুত করতে হবে। ভ্রাম্যমাণ শরণস্থল ও যুদ্ধের বিভিন্ন উপকরণ প্রস্তুত করতে প্রায় তিনমাস সময় লেগে যাবে। আর

কেল্লার বাইরে প্রাচীরের টিলা বানাতে আরও তিনমাস লেগবে।

৫. যে জেনারল নিজের আবেগকে নিয়ন্ত্রণ করতে না পেরে নিজের সৈন্যদের আক্রমণ করার আদেশ দেয়, পরিণাম স্বরূপ তার এক-তৃতীয়াংশ সেনাকে মৃত্যুর মুখে চলে যেতে হয়। অথচ তখনও নগর অধিকার করার কোনও নাম-গন্ধ পর্যন্ত পাওয়া যায় না। এমন ধরনের ঘেরাবন্দি বিনাশ ছাড়া আর কিছুই ডেকে আনে না।

৬. তাই দক্ষ নেতারা কোনও রকম যুদ্ধ ছাড়াই শত্রুপক্ষের সৈন্যদের নিজেদের অধীন করে নেওয়ার চেষ্টা করে। তারা শহর ঘেরা চেষ্টা করেনা, বরং সেনাদের ঘেরাও করারে চেষ্টা করে। তারা দীর্ঘদিন ধরে কোনও যুদ্ধ-বিগ্রহে লিপ্ত না হয়েই সম্রাজ্যের ভিতকে উৎপাটিত করে দেওয়ার চেষ্টা করে।

৭. নিজের সেনাদের ক্ষতির হাত থেকে বাঁচানোর সাথে সাথে সে সম্রাজ্যের মধ্যেকার বিবাদ শেষ করতে সক্ষম হবে, এইভাবে একজন সেনাকেও না হারিয়ে সে জয়ের স্বাদ আস্বাদন করতে সক্ষম হবে। এটাই ছলনার সাথে হামলা করার বিধি।

৮. যুদ্ধের সবচেয়ে বড় নিয়ম হল, শত্রুপক্ষের সৈন্যদের তুলনায় আপনার সৈন্য সংখ্যা যদি দশ গুন হয় তাহলে তাদের ঘেরাও করার চেষ্টা করা উচিত, যদি সৈন্য সংখ্যা পাঁচ গুন হয় তাহলে হামলা করার চেষ্টা করতে হবে, আর যদি সৈন্য সংখ্যা দ্বিগুন হয় তাহলে নিজের সৈন্যদের দুই ভাগে ভাগ করে নিন।

৯. যদি সৈন্য সংখ্যা সমান হয় তাহলে যুদ্ধ করা যেতে পারে, আর যদি সৈন্য সংখ্যা কম হয়, তাহলে যুদ্ধ এড়িয়ে চলাই শ্রেয়। যদি সবদিক দিয়ে সমান হওয়ার যোগ্যতা না থাকে, তাহলে পালিয়ে গিয়ে নিজেকে বাঁচানোই সবচেয়ে বুদ্ধিমানের কাজ।

১০. সামান্য সেনা নিয়ে যুদ্ধ শুরু করা যায়, কিন্তু পরবর্তী কালে যুদ্ধের হাল ধরার জন্য বড় সৈন্যদলের প্রয়োজন।

১১. জেনারল যেমন রাজ্যের ঢাল হিসাবে কাজ করে, সেই রকম ঢাল যদি সমস্ত মোর্চাতে থাকে, তাহলে রাজ্যের দৃঢ়তা বৃদ্ধি পায়। যদি ঢাল দুর্বল

হয়, তাহলে রাজ্যও দুর্বল হয়ে যাবে।

১২. এমন তিনটি উপায় আছে, যাতে করে একজন শাসক তার সেনাদের দুর্ভাগ্যের কারণ হয়ে উঠতে পারে।

১৩. সেনাদের এগানো বা পেছানোর জন্য সঠিক জ্ঞান প্রদান, তবে এই কাজটা করার জন্য সঠিক তথ্য জানাটা খুবই জরুরি, সঠিক তথ্য ছাড়া সৈন্যদল খুঁড়িয়ে চলতে বাধ্য হবে।

১৪. যেভাবে একটা রাজ্যকে পরিচালনা করা হয়, ঠিক সেইভাবেই রাজ্যের প্রতিটা সেনাকে পরিচালনা করার চেষ্টা করতে হবে। তবে এই মতামত সঠিক নয়, কারণ একটা সেনা ও একটা রাজ্যের পরিস্থিতি কখনই সমান নয়। তাতে করে সেনাদের মন অশান্ত হয়ে যায়।

১৫. সেনাদের অধিকারিদের যোগ্যতা অদেখা করে, যদি তাদের অনুচিত স্থানে নিযুক্ত করা হয়, তাহলে সৈন্যদের ভেতরে আত্ম বিশ্বাস কম হতে শুরু করে।

১৬. যদি সেনারা অশান্তি ও অবিশ্বাসের শিকার হয়ে ওঠে, তাহলে অন্য রাজ্যের রাজকুমারদের থেকে অশান্তি আসবেই। তাতে সেনাদের মধ্যে অরাজকতা দেখা যায়, আর জয়ের আশা থাকেনা বললেই চলে।

১৭. এইভাবে আমাদের বুঝতে হবে যে, জয়ের জন্য আমাদের পাঁচটা বিষয় আবশ্যক —

১. সেই জিতবে, যে জানে কখন লড়াই করতে হবে, আর কখন লড়াই করা যাবে না।

২. সেই জিতবে, যে জানে কীভাবে শ্রেষ্ঠ আর নিকৃষ্ট সেনাদের নিয়ন্ত্রণ করা যায়।

৩. সেই জয়লাভ করবে, যার সেনারা সমস্ত পদে সমান আবেগের দ্বারা চালিত হবে।

৪. সেই জিতবে, যে নিজেকে প্রস্তুত করে রাখে এবং শত্রুরা কখন বেপরোয়া হবে, তার অপেক্ষায় থাকে।

(৫) সেই জিতবে, যার কাছে সৈন্য ক্ষমতা আছে, যার নির্ণয়ের উপর শাসক দলের কোনও হস্তক্ষেপ থাকে না।

১৮. আপনি যদি শত্রুপক্ষ সম্পর্কে ওয়াকিবহাল হন, আর নিজের শক্তি সম্পর্কেও পরিচিত হন, তাহলে যুদ্ধের পরিণাম কী হতে পারে, তা ভেবে আপনার ভয় পাওয়ার কিছুই নেই। যদি আপনি নিজেকে জানেন, আর শত্রু সম্পর্কে যদি ওয়াকিবহাল না হন, তাহলে প্রতিটা জয়ের সাথে সাথে আপনাকে পরাজয়েরও সম্মুখীনতা করতে হবে। কিন্তু যদি আপনি নিজের বা শত্রুপক্ষের শক্তি সম্পর্কে ওয়াকিবহাল না হন, তাহলে আপনাকে বারংবার পরাজয়ের শিকার হতে হবে।

❖

৪

কুশল পরিচালনা

১. **সুন তজুর অনুসারে —**
ভালো সৈন্যরা সর্বদা নিজেদের জয়ের পথ নিশ্চিত রাখে আর তারপর শত্রুদের পরাজিত করার জন্য সুযোগের অপেক্ষা করে।

২. পরাজয়ের বিরুদ্ধে নিজেকে সুরক্ষিত রাখা আমাদের হাতেই থাকে। কিন্তু শত্রুদের হারানোর সুযোগ শত্রুরা নিজেরাই করে দেয়।

৩. ঠিক সেই রকম ভালো সৈন্যদল সর্বদা নিজেকে পরাজয়ের বিরুদ্ধে সুরক্ষিত রাখতে পারে। কিন্তু শত্রুদের হারানোর চাবিকাঠি তাদের হাতে থাকে না।

৪. তাই তো কথায় বলে— কীভাবে যুদ্ধ ছাড়াই জয়লাভ করা সম্ভব, তা তার জানতে হবে।

৫. পরাজয়ের বিরুদ্ধে সুরক্ষার অর্থ হল রক্ষাত্মক রণনীতি, শত্রুদের পরাজিত করার ক্ষমতা থাকার মানে হল আক্রমণ করার ক্ষমতা থাকা।

৬. রক্ষাত্মক হওয়ার অর্থ অপর্যাপ্ত শক্তিকে ইঙ্গিত করে, অথচ আক্রমণ করার অর্থ হল শক্তির প্রদর্শন।

৭. যে জেনারল, যে কীভাবে রক্ষা করতে হয় সেই কৌশল খুব ভালো করে জানে, সে পৃথিবীর সবচেয়ে গুপ্ত স্থানে লুকিয়ে থাকার চেষ্টা করে, যে আক্রমণ করতে দক্ষ, সে স্বর্গের অনেক উপর থেকে দ্রুতগতিতে এগিয়ে আসার চেষ্টা করে, এইভাবে একদিকে আমরা নিজেদের রক্ষা করতে সক্ষম হই, আর অন্যদিকে একটা জয় সুনিশ্চিত হয়ে যায়।

৮. জয় কে কেবল তখনই দেখা উচিত, যখন তা সহজ ও তা নিজের হাতের মুঠোয় এসে গেছে বলে মনে হবে। তখন তা আর অসম্ভব বলে মনে হয়না।

৯. আপনি যদি লড়াই করে জিতে যান, তখন ''খুব ভালো!'' বলা ছাড়া আর কোনও পথ অবশিষ্ট থাকে না।

১০. পাতাঝড়ার সময় মাটিতে পড়ে থাকা কোনও শুকনো ডাল হাতে তুলে নেওয়ার মানে এই নয় যে, আপনি খুবই শক্তিশালী। ঠিক তেমনি সূর্য ও চাঁদকে দেখতে পাওয়ার মানে আপনি প্রখর দৃষ্টির অধিকারী নন। ঝড়ের আওয়াজ শুনতে পাওয়ার মানে আপনার শ্রবণশক্তি খুব প্রবল তা কিন্তু নয়।

১১. প্রাচীন লোকেদের মতে, যে সৈন্যদল শুধু জয়লাভ করে না, বরং খুবই সহজে জয়লাভ করে তাদের সচেতন সৈন্য বলা যায়।

১২. তাই তাদের জয় শুধু যে প্রতিষ্ঠা প্রদান করে তাই নয়, বরং সেই সাথে সাহসও প্রদান করে থাকে।

১৩. সে কোনও রকম ভুল ছাড়াই নিজের যুদ্ধে জয়লাভ করে। কোনও রকম ভুল না করার মানে হল, নিজের জয়কে সুনিশ্চিত করা, তা প্রতিষ্ঠিত করে তোলা। এর অর্থ হল এমন এক শত্রুকে পরাজিত করা যে কিনা আগে থেকেই হেরে বসে আছে।

১৪. এইভাবে দক্ষ সেনারা নিজেদের এমন এক পরিস্থিতির মধ্যে রাখে, যাদের কাছে পরাজয় অসম্ভব বলে মনে হয়। শত্রুদের হারানোর সুযোগ তারা কোনও সময়তেই খোয়াতে চায় না।

১৫. যে যোদ্ধা রণনীতি তৈরির সময় বুঝতে পারে, তার জয় নিশ্চিত, সেই নিজেকে যুদ্ধের ময়দানে নিয়ে যাওয়ার জন্য প্রস্তুত করে। অপরদিকে যাদের কপালে পরাজয় লেখা থাকে, সে আগে যুদ্ধ করে, তারপর জয়ের কথা চিন্তা করে।

১৬. উৎকৃষ্ট নেতা নৈতিক আইনকে বিকশিত করার চেষ্টা করে। সে খুবই কঠোরতার সাথে সমস্ত বিধি ও অনুশাসনের পালন করে। এইভাবে সফলতাকে নিয়ন্ত্রণ করা তাদের শক্তির মধ্যেই পড়ে।

১৭. সৈন্য চালোনার ক্ষেত্রে সবচেয়ে আগে যে বিষয়টা দেখতে হয়, তা হল সৈন্যদের শক্তি সম্পর্কে ধারণা করা, দ্বিতীয়ত, মাত্রার অনুমান করতে হয়, তৃতীয়ত, গণনা   চতুর্থত, অবসরের সঠিক প্রয়োগ আর পঞ্চমত, বিজয়।

১৮. পৃথিবীর অস্তিত্বের উপর মাপার বিষয়টা নির্ভর করে, তার উপরেই তা ঋণী থেকে যায়। মাপার জন্য মাত্রার অনুমান করতে হয়। গণনা মাত্রার অনুমানের উপর খানিকটা নির্ভর করে। গণনার সময় কতটা সুযোগ আছে তা দেখতে হবে, তার মধ্যে ভারসাম্য আছে কিনা সেটাও বুঝতে হবে, আর সুযোগের মধ্যে ভারসাম্য থাকলে তবেই তা আপনার জয়কে নিশ্চিত করে তোলে।

১৯. একটা দাঁড়িপাল্লায় একদিকে যেমন এক পাউণ্ড ওজন রাখার পর অন্যদিকে একটা চালের দানা রাখলে যে অবস্থা হয়, জয়ী সেনাদের সামনে পরাজিত সেনাদের রাখলেও ঠিক তেমনি অবস্থার সৃষ্টি হয়।

২০. বাঁধের গায়ে সামান্য একটা ফাটল থাকলে জলের ধারা যেমন সেখানে প্রবেশ করে তা ভেঙে ভাসিয়ে নিয়ে চলে যায়, জয়ী সেনাদের পরাক্রমও ঠিক তেমনটাই হয়।

❖

৫

শক্তি

১. সুন তজু-র মতে সামান্য কিছু সংখ্যক মানুষকে নিয়ন্ত্রণ করার যে প্রণালী, সেই একই প্রণালীতে এক বিরাট সৈন্যদলকেও নিয়ন্ত্রণ করা যেতে পারে। এক্ষেত্রে শুধুমাত্র তাদের সংখ্যা কীভাবে বিভাজন করা হবে, সেই দিকে খেয়াল রাখতে হয়।

২. আপনার আজ্ঞানুসারে, একটা বিরাট সৈন্যদের সাথে লড়াই করা, একটা ছোট সৈন্যদলের সাথে লড়াই করার থেকে অনেকটাই আলাদা। এক্ষেত্রে শুধুমাত্র চিহ্ন ও সংকেত স্থাপন করাটা বড় প্রশ্ন হয়ে উঠেছে।

৩. যুদ্ধাভ্যাস প্রত্যক্ষ বা অপ্রত্যক্ষ ভাবে সকলকেই প্রভাবিত করে। শত্রুদের আক্রমণ শুধু যে আপনাকেই প্রভাবিত করবে তা নয়, সেই সাথে আপনার সাথে জরিত প্রতিটা মানুষকে প্রভাবিত করে, তাদের দুঃখ দেয়।

৪. আপনার সৈন্যদলের সাথে অন্য সৈন্যদের মোকাবিলাটা অনেকটা ডিমের সাথে পাথরের সংঘর্ষের মতো হওয়া উচিত। এটা দুর্বল ও দৃঢ় বিন্দু বিজ্ঞানের দ্বারা প্রভাবিত হয়।

৫. সমস্ত লড়াইয়ের সময় মোকাবিলা করার জন্য প্রত্যক্ষ পদ্ধতির ব্যবহার করা হয়, কিন্তু জয় প্রাপ্ত করার জন্য অপ্রত্যক্ষ প্রক্রিয়ার ব্যবহার অনিবার্য হয়ে ওঠে।

৬. দক্ষতার সাথে প্রয়োগ করা অপ্রত্যক্ষ রণনীতি গুলি স্বর্গ ও পৃথিবীর মতোই অটুট। তা এমন এক নদীর ধারা যা কোনও দিন শেষ হওয়ার নয়। সূর্য আর চাঁদের আলোর মতই শ্বাশত, যার কোনও শেষ নেই। তা

সমাপ্ত হয়েও পুনরায় নতুন করে শুরু করে। চার ঋতুও তেমনি, যা একবার চলে গেলেও পুনরায় ফিরে আসে।

৭.   সাত স্বর দিয়েই সুরের সৃষ্টি। পৃথিবীর যত সুর তা এই সাত স্বরের মিলনেই সৃষ্টি হয়েছে। যা যখন খুশি শোনা যেতে পারে।

৮.   পৃথিবীতে প্রাথমিক রঙ হল পাঁচটা (নীল, হলুদ, লাল, সাদা এবং কালো)। এক রঙের সাথে আর এক রঙের মিলনে বিভিন্ন রঙের সৃষ্টি হতে পারে। যা যখন খুশি দেখা যেতে পারে।

৯.   আমাদের জিভও পাঁচটা স্বাদই আস্বাদন করে (টক, ঝাল, নোনতা, মিষ্টি, তেতো)। এই স্বাদ গুলির সাথে মিলিয়ে মিশিয়ে বিভিন্ন স্বাদ তৈরি করা যায়। সেই স্বাদ যখন খুশি আস্বাদন করা যায়।

১০.   লড়াইয়ের সময়তেও দু'টি পদ্ধতিতে লড়াই করা হয়—প্রত্যক্ষ ও অপ্রত্যক্ষ। এই দুই ধরনের যুদ্ধাভ্যাসের থেকে অন্তহীন যুদ্ধ প্রণালীর সৃষ্টি করা যায়।

১১.   প্রত্যক্ষ ও অপ্রত্যক্ষ ভাবে, ক্রমাম্বয়ে একে অপরের উপর নেতৃত্ব করা যায়। তা যেন চক্রাকারে আবর্তিত হতে থাকে। আপনি কখনই শেষে পৌঁছাবেন না। এই সংযোজনের সম্ভাবনাগুলিও কখনই শেষ করা যায় না।

১২.   সৈন্যদের চলার পথ ঝড়ের বেগে প্রবাহিত হয়। তা নিজের পথে আসা পাথরের টুকরো গুলিকে নাড়িয়ে দিতে পারে।

১৩.   বাজের মতো নির্ণয় ক্ষমতা হতে হবে, যা নিজের শিকারের প্রতি হামলা করতে ও সেটিকে ক্ষতিগ্রস্ত করতে সক্ষম।

১৪.   তাই ভালো সৈন্যদলের শুরু যেমন ভালো হয়, ঠিক তেমনি তারা খুব দ্রুত নির্ণয় নিতে সক্ষম।

১৫.   ধনুক যেভাবে বাঁকানো যায়, উর্জার তুলনা তার সাথে করা যেতে পারে। কিন্তু নির্ণয় হল অনেকটা তির ছাড়ার মতো, যা একবার ছাড়ার পর আর ফিরিয়ে আনা যায় না।

১৬.   উথাল-পাতাল ও ঝগড়া-বিবাদের মধ্যে অব্যবস্থা উৎপন্ন হতে পারে। তবে এটাকে বাস্তবিক অব্যবস্থা বলা যায় না। তা সত্ত্বেও এটা কোনও

বাস্তবিক অব্যবস্থা নয়, ভ্রম ও অরাজকতার মধ্যে থাকলে কখনই নিজেকে সুব্যবস্থার মধ্যে দিয়ে চালনা করা যায় না, এটা পরাজয়েরই প্রমাণ।

১৭. মন থেকে স্বীকার না করে, অনুশাসন দেখানোর অর্থ হল তা অনুকরণ করা, নকল ভয়ও সাহসের অনুকরণ করে। নকল দুর্বলতা নিজের ভেতরে সাহসের জন্ম দেয়।

১৮. দুর্বলতার মুখোশ পরে থাকলে, তা যুক্তিপূর্ণ পরিচালনার দ্বারা প্রভাবিত হয়। সাহসকে গোপন করার চেষ্টা করা মানে উর্জাকে ধারণ করা।

১৯. যে শত্রুদের গতিশীল রাখতে নিপুণ, তারা লোক দেখানোর মতো কপটতায় বিশ্বাসী, যার অনুসারে শত্রুপক্ষ প্রতিক্রিয়া ব্যক্ত করে। সে যা পরিত্যাগ করে তাই শত্রুরা ছিনিয়ে নেয়।

২০. মুখের সামনে খাবার দিয়ে শত্রু পক্ষকে কাছে নিয়ে আসার চেষ্টা করে, আর তারপর পছন্দের লোকেদের সাথে নিয়ে আক্রমণ করে।

২১. চালাক যোদ্ধা সংযুক্ত উর্জার প্রভাবের দিকে দেখে, সে কখনই কোনও বিশেষ ব্যক্তির প্রয়োজনীয়তা বোধ করে না। সঠিক লোকেদের পছন্দ করার জন্যই সে নিজের শক্তি ব্যয় করে থাকে।

২২. সংযুক্ত শক্তির প্রয়োগ করলে সৈনিকরা পাথরের মতো ব্যবহার করতে থাকে। পাথর যদি সমতল হয় তাহলে তা সমতল বা ঢালানে গতিহীন হয়ে থাকে। চৌক পাথর সমস্ত ক্ষেত্রেই দাঁড়িয়ে থাকে, আর তা যদি গোলাকার হয় তাহলে যেকোনও স্থানে গরিয়ে নিয়ে যাওয়া সম্ভব।

২৩. ভালো সৈন্যদল গোল পাথরের সমান, যারা যেকোনও ক্ষেত্রেই গতিময়। হাজার ফুট উঁচু পাহাড় থেকে নিচে পড়ার সময় তার সৃষ্টি হয়। শক্তি সম্পর্কে এইটুকু বলাই বোধহয় যথেষ্ট।

❖

৬

দুর্বল ও সবল দিক

১. সুন তজু বলেছিলেন—
যে দল আগে যুদ্ধক্ষেত্রে উপস্থিত হয়ে শত্রু পক্ষের আসার অপেক্ষা করে, সেই দল যুদ্ধের সময়তেও সতেজ থাকবে, যে ময়দানে পরে আসবে, সে তাড়াহুড়ো করবে এবং ক্লান্তবোধ করবে।

২. তাই চালাক যোদ্ধা নিজের ইচ্ছা শত্রুদের উপর চাপিয়ে দেওয়ার চেষ্টা করে। কিন্তু শত্রুদের ইচ্ছা নিজের উপর চেপে বসতে দেয় না।

৩. শত্রুদের উপর আধিপত্য বিস্তার করে তাদের নিজেদের দৃষ্টিকোণ অনুসারে চালনা করার চেষ্টা করে, এইভাবে তাদের ক্ষতিগ্রস্ত করে দেয়, আর তাতে করে শত্রুদের আর তাদের কাছে পৌঁছানোর ক্ষমতা থাকে না।

৪. যদি শত্রুপক্ষ তাদের দুর্বল বলে মনে করে, তাহলে তাদের সমস্যায় ফেলতে পারে। যদি খাদ্যাভাব দেখা যায় তাহলে খাদ্য ছাড়াই তাদের মেরে দিতে পারে। যদি চুপচাপ ঘেরাও করে নেওয়া হয় তাহলে কথানুসারে চলতে বাধ্য করতে পারে।

৫. তারা সেই সমস্ত বিন্দু গুলি প্রকট করার চেষ্টা করে, যেগুলিকে শত্রুপক্ষ প্রতিরোধ করার চেষ্টা করে। যেখানে আপনি আশা পর্যন্ত করতে পারবেন না, সেখানেই দ্রুততার সাথে মার্চ করে।

৬. একজন সেনা কোনও রকম চাপ ছাড়া অনেকটা পর্যন্ত পৌঁছে যেতে পারে, যদি সে নিজের দেশের মধ্যে মার্চ করে, যেখানে কোনও শত্রু নেই।

৭. আপনি নিজের হামলাতে সফল হতে পারেন, যদি কোনও অসুরক্ষিত স্থানে হামলা করেন তো। যেখানে হামলা হওয়ার কোনও সম্ভাবনা থাকেনা, সেখানে আপনি নিজেকে অবশ্যই সুরক্ষিত রাখতে পারবেন।

৮. যে জেনারেলের বিরোধীরা এটাই জানেনা যে কার থেকে বাঁচতে হবে, সে হামলায় নিপুণ হয়, আর যার বিরোধীরা এটা জানেনা যে কাকে হামলা করতে হবে, সে নিজের রক্ষা করতে দক্ষতা অর্জন করে।

৯. গোপনীয়তার কোনও দিব্য কলা হয় কী! তুমি আছো বলেই আমরা অদৃশ্য হতে পারি। তুমি আছো বলেই কথা লুকিয়ে রাখা যায়, তাই তো নিজের হাতে শত্রুদের ভাগ্য ধরা সম্ভব হয়।

১০. আপনি যদি শত্রুর দুর্বলতা গুলি জেনে নিতে পারেন, তাহলে কোনও রকম প্রতিরোধ ছাড়াই আপনি এগিয়ে যেতে পারবেন। আপনি যদি শত্রু পক্ষের তুলনায় অধিক দ্রুতগতিতে চাল দিতে সক্ষম হন, তাহলে অবসর নিতে ও সুরক্ষিত জীবন যাপন করতে পারেন।

১১. আপনি যদি লড়াই করতে প্রস্তুত থাকেন, তাহলে শত্রুকে একটা উঁচু প্রাচীর বা গভীর খাদে আশ্রয় নিতে বাধ্য করতে পারেন। সেক্ষেত্রে আপনাকে অন্য কোথাও আক্রমণ করতে হবে, যাতে সে ছেড়ে যেতে বাধ্য হয়।

১২. আপনি যদি যুদ্ধ করতে ইচ্ছুক না হন তাহলে শত্রুদের নিজের থেকে দূরে রাখার চেষ্টা করতে হবে, সেক্ষেত্রে এমন কিছু অদ্ভুত চালের প্রয়োগ করতে হবে, যাতে তারা কীভাবে তার সমাধান করবে তা বুঝে উঠতে না পারে।

১৩. শত্রুদের প্রকৃতি বুঝে নিয়ে, কীভাবে নিজেকে অদৃশ্য রাখা যায় তার সন্ধান করতে হবে। তাতে আপনি নিজের শক্তি কেন্দ্রভূত রাখতে পারবেন। অন্যদিকে শত্রু বিভাজিত হয়ে যাবে।

১৪. সংযুক্ত ভাবে কাজ করলে পরিণাম অনেক ভালো পাওয়া যায়। সংযুক্ত হয়েও বিভাজিত হয়ে যেতে হবে, যাতে শত্রুরা আপনার শক্তির আন্দাজ করতে না পারে, তাদের যেন মনে হয় আপনি পর্যাপ্ত শক্তির অধিকারী নন।

১৫. আপনি যদি এইভাবে বলশালী হয়ে শত্রুদের উপর আক্রমণ করতে পারেন, তাহলে তারা অবশ্যই চাপ বোধ করবে।

১৬. আমরা যেখানে লড়াই করব বলে ঠিক করেছি, সেই জায়গা সম্পর্কে যেন কেউ জানতে না পারে। তখন শত্রুদের বিভিন্ন স্থানে আক্রমণ করার জন্য প্রস্তুত থাকতে হবে, সৈন্যদল বিভিন্ন দিকে বিভাজিত হয়ে যাবে, তাতে করে অনেক কম সংখ্যক সৈন্যের মুখোমুখি করতে হবে।

১৭. শত্রুপক্ষ যখন নিজেদের সামনের দিকটা মজবুত করে তোলার চেষ্টা করে, তখন তাদের পিছনের দিকটা দুর্বল হয়ে যায়। আবার যখন পিছনের দিকটা মজবুত করতে চায় তখন সামনের ভাগটা দুর্বল হয়ে যায়। যখন সে তার ডানদিকটা মজবুত করতে পারে, তখন বামদিকটা দুর্বল হয়ে যায়। আর যখন বামদিকটা মজবুত করতে পারে তখন ডানদিকটা দুর্বল হয়ে যায়। যদি সে প্রতিটা ক্ষেত্রে সৈন্যদের সহায়তা নিতে চায়, তাহলে সে প্রতিটা ক্ষেত্রেই দুর্বল হতে শুরু করবে।

১৮. যদি সম্ভাব্য হামলার কথা ভেবে সাবধানতা অবলম্বন করা হয় তাহলে সংখ্যাত্মক দুবলতা দেখা যায়, সংখ্যাত্মক শক্তি, আমাদের শত্রুদের দৃঢ় করে তুলতে পারে, আমাদের শক্তিকে খর্ব করে দিতে পারে।

১৯. কোথায়, কখন যুদ্ধ হতে পারে, তা জানা গেলে আমরা অনেকটা দুর থেকেও লড়াইয়ের জন্য প্রস্তুত হতে পারব।

২০. যদি যুদ্ধের স্থান ও সময় সম্পর্কে কোনও জ্ঞান না থাকে, তাহলে বাম পক্ষ ডান পক্ষকে সাহায্য করতে অসমর্থ থেকে যাবে। অগ্রভাগ পিছনের ভাগকে সাহায্য করতে পারবে না। যদি সেনার অগ্রভাগ কয়েকশো কিলোমিটার দুরে চলে যায়, তাহলে কী হবে?

২১. আমার অনুমান অনুসারে শত্রুদের সৈন্য সংখ্যা আমাদের তুলনায় অনেক বেশি, কিন্তু জয়ের ক্ষেত্রে তা কোনওভাবেই সাহায্য করতে না পারলে, তবেই জয়লাভ করা সম্ভব।

২২. শত্রু পক্ষ শক্তিশালী হলেও তাদের যুদ্ধ করা থেকে বিরত করা যায়। পরিকল্পনা করতে হবে, যাতে তাদের সফলতার রহস্য সম্পর্কে জানা যায়।

২৩. তাদের উত্তেজিত করুন, তাদের সক্রিয়তা ও নিষ্ক্রিয়তা সম্পর্কে জানার চেষ্টা করুন। তারা যাতে নিজেদের প্রকট করতে পারে, তার জন্য বাধ্য করুন। তবেই তাদের দুর্বলতা গুলি জানতে পারবেন।

২৪. শত্রুপক্ষের সেনাদের সাথে যখন নিজের সৈন্যদলের তুলনা করবেন, তখন সাবধানতা অবলম্বন করাটা খুবই জরুরি। তাতে করে কার শক্তি কোথায় বেশি সেটা বুঝতে পারবেন।

২৫. যুক্তিপূর্ণ পরিচালনার সময় আপনি যে সারাংশ পেতে পারেন, তা গোপন রাখার চেষ্টা করুন। তাতে করে আপনি গুপ্তচরদের থেকে নিজের পরিচালনা গুলিকে সুরক্ষিত রাখতে পারবেন।

২৬. শত্রুদের রণনীতি ভেদ করতে পারলে তবেই আপনি জয়ের মুখ দেখতে পারবেন।

২৭. যে পরিচালনা আমাকে জয় দিয়েছে, তা সকলেই দেখতে পায়, কিন্তু যা কেউ দেখতে পায় না, তাহল রণনীতি, যা ওই কাজের জন্য প্রস্তুত হয়েছে।

২৮. বিভিন্ন পরিস্থিতি অনুসারে আপনার রণনীতি বিভিন্ন প্রকার হতে হবে, যে রণনীতি একবার আপনাকে জয়ের মুখ দেখিয়েছে, বারংবার তার প্রয়োগ করতে যাবেন না।

২৯. সৈন্য রণনীতি জলের মতো হয়, প্রকৃতিক লক্ষণ অনুসারে জল সর্বদা উঁচুর থেকে নিচের দিকে প্রবাহিত হয়।

৩০. যুদ্ধে যে পক্ষ শক্তিশালী তার থেকে নিজেকে বাঁচিয়ে যে পক্ষ দুর্বল সেখানে আঘাত করার চেষ্টা করুন।

৩১. জল জমির প্রকৃতি অনুসারে প্রবাহিত হয়, সৈন্যদের জয়লাভ করার জন্য তার স ন্মুখে দাঁড়িয়ে থাকা শত্রুদের হারাতে হবে।

৩২. জলের যেমন কোনও নিশ্চিত আকার হয়না, ঠিক তেমনি যুদ্ধেরও কোনও নিশ্চিত স্থিতি হয়না।

৩৩. যে নিজের প্রতিদ্বন্দ্বী অনুসারে নিজের রণনীতি সংশোধন করতে জানে, আর যার দ্বারা জয়লাভ করতে সফল হয়, তাকে দিব্য নায়ক বলা হয়।

৩৪. পঞ্চ ভূত (জল, অগ্নি, বায়ু, মাটি, আকাশ) সর্বদা সমান রূপে প্রবল থাকে না। চারটি ঋতু ঘুরেফিরে আসে ও একে অপরের জন্য রাস্তা তৈরি করে দেয়। দিন কখনও ছোট, কখনও বড় হয়, চাঁদ কখনও গোল কখনও আবার এক খণ্ড হয়ে দেখা দেয়।

৭

যুক্তিপূর্ণ যুদ্ধ

১. সুন তজু বলেছিলেন—

যুদ্ধে সেনাপতি নিজের শক্তি রাজ্য থেকে প্রাপ্ত করে।

২. সেনাদের একত্রিত করে, তাদের উপর কেন্দ্রিভূত হয়ে শিবিরে ছাড়ার আগে, বিভিন্ন তত্ত্বগুলি বোঝাটা খুবই জরুরি।

৩. এরপর আসে যুক্তিপূর্ণ যুদ্ধ, যার থেকে কঠিন আর কিছুই নেই। যুক্তিপূর্ণ যুদ্ধের সাহায্যে কঠিন পরিস্থিতি সরল হয়ে উঠতে পারে, সুর্ভাগ্য সৌভাগ্যে পরিণত হতে পারে।

৪. যদি রাস্তা দীর্ঘ ও ঘোরানো-পেঁচানো হয়, তাহলে শত্রুদের রাস্তা ভুলিয়ে দেওয়া ও পুনরায় তাদের পিছু করা, তারপর শত্রুদের আগে লক্ষ্যে পৌঁছানো, তার মধ্যে দিয়ে সৃজনশীলতার পরিচয় পাওয়া যায়।

৫. সৈন্যদের সাথে যুদ্ধাভ্যাস করা খুবই লাভজনক। তবে অনুশাসনহীন সেনার সাথে তা করলে ভয়ঙ্কর হয়ে উঠতে পারে।

৬. আপনি যদি সম্পূর্ণ রূপে সুসজ্জিত সেনাদের সাথে মার্চ করেন, তাহলে হয়তো আপনার সেখানে পৌঁছাতে অনেকটা দেরি হয়ে যেতে পারে। তেমনি অসম্পূর্ণ সৈন্যদল পাঠালে তাদের রসদ পিছনে থেকে যাওয়ার সম্ভাবনা থেকে যায়।

৭. আপনি যদি আপনার সৈন্যদের সুসজ্জিত করে এগিয়ে যাওয়ার আদেশ দেন, তাদের যদি দিন-রাত এগিয়ে যেতে বললেন, তারা যদি তাদের ক্ষমতার থেকে বেশি পথ চলার চেষ্টা করে, তাহলে আপনার তিনটি

সৈন্যদলই শত্রুপক্ষের গ্রাসে চলে যাওয়ার সম্ভাবনা থাকবে।

৮. যে মানুষ যত শক্তিশালী হবে সে তত এগিয়ে যাবে, আর দুর্বল মানুষ পিছিয়ে পড়বে, এই সূত্র অনুসারে বলা যায় আপনার সম্পূর্ণ সৈন্যদলের মাত্র দশ শতাংশ যুদ্ধক্ষেত্র পর্যন্ত পৌঁছাতে সক্ষম হবে।

৯. আপনি যদি শত্রুদের পরাজিত করার জন্য পঞ্চাশ কিলোমিটার পথ মার্চ করেন, তাহলে আপনি অর্ধেক সেনা হারাবেন, আর অর্ধেক গিয়ে পৌঁছাবে যুদ্ধ ক্ষেত্রে।

১০. আপনি যদি জিনিস পত্র ও উদ্দেশ্য নিয়ে তিরিশ কিলোমিটার পথ মার্চ করেন, তাহলে আপনার সৈন্যদলের দুই-তৃতীয়াংশ যুদ্ধক্ষেত্রে পৌঁছাবে।

১১. এই বিষয়টা এইভাবে দেখা যেতে পারে— সেনারা রণ-সজ্জার অভাবে পরাজিত হতে পারে, খাদ্য-সামগ্রীর অভাবে পরাজিত হতে পারে, রসদ না থাকার কারণে হেরে যেতে পারে।

১২. যতক্ষণ না আপনি নিজের সাথীদের ব্যবহার সম্পর্কে পরিচিত হতে পারছেন, ততক্ষণ পর্যন্ত তাদের সাথে মিলিত হওয়ার কোনও চুক্তি করবেন না।

১৩. যে দেশে যুদ্ধ করতে চলেছেন, যতক্ষণ না সেখানকার পাহাড়-জঙ্গল, তার ক্ষয়ক্ষতি, তার প্রতিটা ক্ষেত্র সম্পর্কে পরিচিত হতে পারছেন, ততক্ষণ পর্যন্ত আপনি কিছুতেই সেনাদের উপযুক্ত নেতৃত্ব প্রদান করতে পারবেন না।

১৪. যতক্ষণ না স্থানীয় পথ-প্রদর্শকের সাহায্য নেওয়া যাচ্ছে, ততক্ষণ পর্যন্ত নিজের খাতায় স্বাভাবিক লাভ দেখতে পাওয়া সম্ভব না।

১৫. যুদ্ধ ক্ষেত্রে নিজের বাস্তবিক আবেগ লোকানোর চেষ্টা করুন, তবেই সফল হতে পারবেন।

১৬. নিজের সৈন্যদের একত্রিত করে রাখবেন, নাকি বিভাজিত, তা পরিস্থিতির উপর নির্ভর করছে।

১৭. হাওয়া কতটা তেজ তা বুঝে জঙ্গলের মতো গঠন করতে হবে নিজেকে।

১৮. ছাপামারী বা লুঠের সময় সম্মুখভাগে থাকা অচল পাহাড়ের মতো করেই নিজেকে গড়ে তুলতে হবে।

১৯. নিজের পরিকল্পনা গোপন রাখুন, তা যেন রাতের মতো অভেদ্য হয়, তাতে করে যখন আপনি চলবেন তা যেন বজ্রপাতের সমান হয়ে দাঁড়ায়।

২০. যখন আপনি কোনও গ্রাম্য এলাকা লুঠ করবেন তখন তা নিজের লোকেদের মধ্যে ভাগ করে দিন। যখন আপনি নতুন কোনও ক্ষেত্র কজ্জা করবেন, তখন সৈন্যদের লাভের কথা ভেবে তা তাদের মধ্যে ভাগ করে দিন।

২১. কোনও চাল চালার আগে চিন্তা-ভাবনা করে নিন।

২২. যে ভিড়ের থেকে নিজেকে আলাদা করে রেখে চলতে জানে, সেই জয়লাভ করবে। এটাই হল যুক্তিপূর্ণ যুদ্ধ কলা।

২৩. সৈন্য পরিচালনার পুস্তক গুলি বলে দেয় যে, যুদ্ধক্ষেত্রে বলা শব্দগুলি অনেক দূর পর্যন্ত যায় না। তাই তো দামামার প্রয়োজন হয়। যুদ্ধক্ষেত্রের সাধারণ বস্তুগুলি পর্যাপ্ত রূপে দেখা যায় না, তাই তো পতাকা বা ব্যানারের প্রয়োজন হয়।

২৪. দামামা, পতাকা বা ব্যানার এমন উপকরণ, যার সাহায্যে আপনি শত্রুপক্ষের কান ও চোখ একটা বিশেষ বিন্দুতে কেন্দ্রিভূত করতে পারেন।

২৫. বিরাট পুরুষদলকে সামলানোর একটা রীতি থাকে, যে রীতির সাহায্যে যে বাহাদুর হয় সে এগিয়ে যায়, আর যে ভীরু হয় সে ক্রমশ পিছনে যেতে থাকে।

২৬. রাতের যুদ্ধে দামামা, আগুন ও সিগ্নাল-ফায়ারের প্রয়োজন বেশি দেখা যায়। দিনের বেলায় নিজের সেনাদের নির্দেশিত করার জন্য পতাকা ও ব্যানারের ব্যবহার বেশি করতে হবে।

২৭. একজন কমান্ডার-ইন-চিফ ক্লান্ত বোধ করতে পারে। একজন সেনা নিজের ভেতর থেকে জোশ হারাতে পারে।

২৮. সৈন্যদের উৎসাহ সকাল বেলা চরম পর্যায়ে থাকে। দুপুর আসতে আসতে তা কমতে শুরু করে। সন্ধ্যার সময় তা পুনরায় শিবিরে পৌঁছে যায়।

২৯. একজন চালাক জেনারল কখনই নিজের সেনাদের এগিয়ে যেতে দেয় না। যখন তার সেনাদের মধ্যে উৎসাহ কম দেখে তখন তাদের ধরে রাখার চেষ্টা করে, কিন্তু অপর পক্ষের সেনাদের ক্লান্ত করে দেওয়ার

পর তারা যাতে পিছনে যেতে শুরু করে তার জন্য হামলা চালাতে থাকে, একেই তো বলে মন বোঝার কলা।

৩০. অনুশাসনের মধ্যে থেকে, শান্তিপূর্বক অপেক্ষা করুন, যতক্ষণ না শত্রুপক্ষের মধ্যে অব্যবস্থা ও বাক্‌বিতণ্ডা শুরু হচ্ছে, এটাই নিজের আত্মার উপর আধিপত্য বজায় রাখার কলা।

৩১. লক্ষ্যের কাছে থাকা, শত্রুপক্ষ তখন তার থেকে অনেক দূরে, অপেক্ষা করা, তখনও শত্রুপক্ষ পরিশ্রম ও সংঘর্ষ করে চলেছে; শত্রুপক্ষ যখন ক্ষুধার্ত থাকবে তখন নিজের পেট ভালো করে ভরে রাখা, এইসবই নিজের শক্তি পরিচালনা করার কলা।

৩২. শত্রুদের মধ্যে গিয়ে শান্ত ভাবে ও আত্মবিশ্বাসের সাথে অপেক্ষা করা উচিত, তার সেনাদের উপর হামলা করার থেকে বাঁচতে হবে, একেই বলে পরিস্থিতি অধ্যয়ন করা।

৩৩. যে শত্রুরা উঁচুতে থাকে, বা যারা উপর থেকে নিচের দিকে ধেয়ে আসে, তখনই তাদের সাথে মোকাবিলা করতে যাওয়া উচিত না।

৩৪. যে শত্রু যুদ্ধক্ষেত্র থেকে পালানোর চেষ্টা করে, তার পিছু করার প্রয়োজন নেই। যে সেনা আপনার কাছে মাথা নত করে দিয়েছে, তার উপর হামলা করার প্রয়োজন নেই।

৩৫. শত্রু আপনাকে যে চারা খাওয়াতে চাইছে, ভুলেও যেন তা খাবেন না, যে সেনা ফিরে যাচ্ছে, তাদের উপর হস্তক্ষেপ করবেন না।

৩৬. যখন সেনাদের ঘেরাও করা হয়, তখন তাদের পালিয়ে যাওয়ার জন্যও একটা রাস্তা খোলা রাখা উচিত। হতাশ সেনাদের উপর চাপ সৃষ্টি করার কোনও প্রয়োজন নেই।

৩৭. এটাই তো যুদ্ধের কলা।

৮

বিভিন্ন প্রকার কায়নীতি

১. **সুন তজু বলেছিলেন—**
   যুদ্ধে জেনারেল নিজের প্রভুত্বের দ্বারাই নিজের তৈরি নির্দেশ পালন করে, নিজের সেনাদের একত্রিত করে, ও তাদের প্রতি ধ্যান দেয়।

২. দেশে সমস্যা থাকলে ঘেরাবন্দি করবেন না। দেশের বিভিন্ন রাস্তার মধ্যে যেমন যোগাযোগ থাকে, তেমনি নিজের সহযোগীদের মধ্যে সমন্বয় সাধনের চেষ্টা করুন। যেখানে ভয়ঙ্কর উথাল-পাতাল দেখা যাবে, সেখানে দাঁড়াবেন না, ঘেরাবন্দি অবস্থায় চালাকির দ্বারা নিজেকে বাঁচানোর চেষ্টা করুন, হতাশ পরিস্থিতিতে আপনাকে লড়াই করতে হবে।

৩. এমন রাস্তা আছে, যার পালন করা উচিত না। এমন সৈন্যদল আছে, যাদের উপর হামলা করা উচিত হবে না, এমন শহর আছে যাকে ঘেরাবন্দি করা ঠিক নয়, এমন পরিস্থিতি থাকে, যা নিয়ে কোনও তর্ক চলে না। রাজ্য অনেক সময় এমন আদেশ দেয়, যা পালন করা বাঞ্ছনিয় নয়।

৪. যে জেনারেল, রণনীতি পরিবর্তনের সাথে কী ধরনের লাভ পাওয়া যায় তা জানে, সে সৈন্যদের কীভাবে নিয়ন্ত্রণ করতে হয় তাও জানে।

৫. যে জেনারেল তা বোঝে না, সে দেশের বিন্যাস সম্পর্কে খুব ভালো করে জানতে পারে, তবে সে নিজের জ্ঞানকে কীভাবে কাজে লাগাতে হয় তা জানে না।

৬. তাই যুদ্ধের সময় যে ছাত্র, যুদ্ধের কলা অনুসারে নিজের পরিকল্পনা বদলাতে পারে না, সে পাঁচটা লাভের কথা জানলেও, নিজের সৈন্যদের সঠিক প্রয়োগ করতে অসমর্থ থেকে যাবে।

৭. তাই বুদ্ধিমান নেতা পরিকল্পনার সময়, লাভও ক্ষতির বিচারটা একসাথেই করে।

৮. যদি এইভাবে লাভের সম্ভাবনার দিকে লক্ষ্য করা যায়, তাহলে নিজের পরিকল্পনার প্রয়োজনীয় অংশ গুলি সম্পূর্ণ করতে সফল হওয়া সম্ভব।

৯. অন্যদিকে, পরিস্থিতি যতই কঠিন হোক না কেন, আমরা যদি তার মধ্যে থেকেও একটা সুযোগ নেওয়ার জন্য প্রস্তুত থাকি, তাহলে নিজেকে দুর্ভাগ্য থেকে বার করা সম্ভব।

১০. শত্রুতাপূর্ণ গতিবিধি গুলির ক্ষতির দিকটা কম করে তা সীমিত করার চেষ্টা করুন, তাদের জন্য অসুবিধা সৃষ্টির চেষ্টা করুন, তাদের সর্বদা ব্যস্ত রাখুন।

১১. যুদ্ধ কলায় নিপুণ হলে, শত্রুদেরকে নিজের থেকে দূরে রাখার ক্ষেত্রে ভরসার সৃষ্টি হয়। এর মানে এই নয় যে শত্রুরা আক্রমণ করতে পারবে না, বা তা করতে ভয় পাবে, আসলে যেকোনও পরিস্থিতিতে শত্রুদের পরাজির করা সম্ভব হবে।

১২. পাঁচটা ভয়ঙ্কর ক্রটি, যা যেকোনও জেনারলকে প্রভাবিত করতে পারে —

    ১. বেপরোয়াভাব, যা বিনাশের দিকে নিয়ে যায়।

    ২. ভীরুতা, যে কারণে কব্জার সম্ভাবনা গড়ে ওঠে।

    ৩. উগ্র স্বভাব, যা অপমানের কারণে জেগে ওঠে।

    ৪. সম্মানিত নম্রতা, যা লজ্জার প্রতি সংবেদনশীল হয়।

    ৫. নিজের পৌরষের দিকে সবাধিক লক্ষ্য রাখতে হবে। যার থেকে চিন্তা ও সমস্যার জন্ম হয়।

১৩. পাঁচটা ভুল যেকোনও জেনারলকে আহত করতে পারে, তাকে ধ্বংস করে দিতে পারে, যুদ্ধ পরিচালনার ক্ষেত্রে তা খুবই ক্ষতিকারক।

১৪. যখন কোনও সেনাকে উৎপাটন করা হয়, তার দলনেতা যখন মারা যায়, তার কারণ এই পাঁচটা ভুলের মধ্যে একটা হতেই পারে। এদিকে নজর রাখা বিশেষ জরুরি।

৯

সেনার প্রয়াণ

১.   সুন তজু বলেছেন—
     এখন সেনাদের ঘেরাও করা এবং শত্রুদের সংকেত বোঝার বিষয়টা নিয়ে আলোচনা করা যেতে পারে। দুর্গম পাহাড়ের রাস্তা শীঘ্র অতিক্রম করে, উপত্যাকার কাছাকাছি থাকতে হবে।

২.   উঁচু স্থানে নিজেদের শিবির গড়ার চেষ্টা করতে হবে। লড়াই করার জন্য উচ্চ স্থানে উঠবেন না। পাহাড়ে লড়াই করার সময় এই বিষয় গুলি মাথায় রাখা যথেষ্ট।

৩.   কোনও নদী অতিক্রম করার পর, আপনার তার থেকে অনেকটা দূরে চলে যেতে হবে।

৪.   যখন কোনও শত্রুপক্ষ লড়াই করার সময় নদী পার করার চেষ্টা করে, তখন তাদের ধাওয়া করবেন না, বরং যখন অর্ধেক সেনা পার করে চলে যাবে, তখন আক্রমণ করুন। তাদের পিছু নেবেন না।

৫.   আপনি যদি লড়াই করতে ইচ্ছুক থাকেন, তাহলে কখনই নদীর ধারে গিয়ে আক্রমণ করবেন না, যা তারা পার করে চলে যেতে পারে।

৬.   সূর্যের কথা মাথায় রেখে নিজের সেনাদের শত্রুপক্ষের থেকে উঁচুতে রাখার চেষ্টা করুন। শত্রুদের সাথে লড়াই করার জন্য কখনও নদী প্রবাহের মধ্যে ঝাঁপ দেবেন না। নদীতে যুদ্ধ করার জন্য এইটুকু জানাই যথেষ্ট।

৭. লবনাক্ত পাঁক পার করার সময় সবার আগে একটা কথা মাথায় রাখতে হবে, যত শীঘ্র সম্ভব সেই এলাকা পার করতে হবে।

৮. যদি লবনাক্ত পাঁকের মধ্যে লড়াই করতে বাধ্য হন, তাহলে আপনার কাছে জল ও ঘাস থাকাটা খুবই জরুরি। সেই সাথে থাকতে হবে গাছের ডাল। লবনাক্ত পাঁকের মধ্যে লড়াই করার জন্য এইটুকু মাথায় রাখাই যথেষ্ট।

৯. শুষ্ক ও সমতল স্থানে নিজের ডানদিকে ও পিছনের দিকে যদি জায়গা থাকে, তাহলে সেই স্থানকে নিজের কাছে ধরে রাখার চেষ্টা করুন, তাতে করে সামনে বিপদ আসলে পিছনে সুরক্ষা লাভের সম্ভাবনা থেকে যাবে। সমতল এলাকায় যুদ্ধের জন্য এটাই যথেষ্ট।

১০. এটা সৈন্য জ্ঞানের চারটি উপযোগী শাখা, যা চার শাসককে সক্ষম করে তোলে, সম্রাটকে পরাজিত করার জন্য।

১১. সমস্ত সেনারা নিম্নস্থ ময়দানের তুলনায় উঁচু ময়দানের দিকে, এবং অন্ধকারময় জায়গার তুলনায় আলোর জায়গাকে বেশি পছন্দ করে।

১২. আপনি যদি নিজের লোকেদের থেকেও সাবধানে থাকেন, আর যদি কঠিন ময়দানে শিবির গড়ে তোলেন, তাহলে সেনারা যেকোনও অসুখের থেকে দূরে থাকতে পারবে এবং জয় সুনিশ্চিত করে তুলতে পারবে।

১৩. আপনি যখন কোনও পাহাড় বা নদীর ধারে এসে দাঁড়ান, তাহলে নিজের ডানদিকের ঢালু অংশে, যেখানে রোদ্দুর আসে, সেই অংশটি নিয়ন্ত্রণ করার চেষ্টা করুন। তাতে করে আপনি নিজের সৈন্যদের লাভের জন্য কাজ করতে পারবেন, জমির প্রাকৃতিক গঠনের জন্য আপনি নিজে লাভবান হবেন।

১৪. যে নদী আপনি পার করতে চাইছেন, সেই নদীতে যদি অতিরিক্ত বৃষ্টির ফলে বন্যা দেখা দেয়, তাহলে যতক্ষণ না ওই নদী শান্ত হচ্ছে ততক্ষণ পর্যন্ত আপনাকে অপেক্ষা করতেই হবে।

১৫. যে দেশ পাহাড়ে ঘেরা, যেখানে পাহাড়ের গা দিয়ে ঝর্ণা প্রবাহিত হচ্ছে, যেখানে প্রাকৃতিক ভাবেই গভীর গর্ত দেখা যায়, কাঁটায় ভরা

ঝোপ আছে, পাঁকে ভরা এলাকা আছে, সেই অঞ্চল যত শীঘ্র সম্ভব ত্যাগ করার চেষ্টা করুন।

১৬. আমাদের নিজেদের ওই স্থান থেকে দূরে থাকতে হবে। কিন্তু আমরা অবশ্যই চাইব, সেখানে শত্রুরা পা রাখুক, এই রকম এলাকায় শত্রুদের পিছনে থাকার চেষ্টা করতে হবে।

১৭. আপনি যেখানে ঘাঁটি গড়েছেন, তার পাশেই যদি কোনও পাহাড়ি এলাকা থাকে, যদি ঘাসে ঘেরা পুকুর থাকে, সেই স্থান যদি ঘন জঙ্গল ও বড়-বড় গর্ত থাকে, তাহলে সাবধানতার সাথে সেই অঞ্চল পরীক্ষা করে দেখে নিতে হবে, কারণ এটা সেই স্থান, যেখানে শত্রুপক্ষের সৈন্যরা বা গুপ্তচররা লুকিয়ে থাকতে পারে।

১৮. যখন শত্রু কাছে থাকে, আর শান্ত হয়ে থাকে, তখন বুঝতে হবে সে নিজের পরিস্থিতির স্বাভাবিক শক্তির উপর ভরসা করছে।

১৯. যখন সে আলাদা থাকে, আর লড়াইকে উতপ্ত করে তোলার চেষ্টা করে, তখন সে চায় অন্য পক্ষ যেন এগিয়ে আসে।

২০. যদি তার পক্ষে সেই স্থান অতিক্রম করা সহজ হয়, তাহলে বুঝতে হবে সে একটা চাল দেওয়ার চেষ্টা করছে।

২১. জঙ্গলের গাছগুলি অতিরিক্ত নড়াচড়া করলে বুঝতে হবে, শত্রুপক্ষ এগিয়ে আসছে, বড় ঘাসে ঘেরা এলাকায় গতিবিধি নজরে আসলে বুঝতে হবে শত্রুপক্ষ সন্দিগ্ধ করে তোলার চেষ্টা করছে।

২২. পাখিদের উঁচুতে ওড়ানো, শত্রুরা আঘাত দিয়ে চুপ করে থাকবে, এমনি সংকেত দেয়। যদি হঠাৎ পশু দেখিয়ে ভয় দেখানোর চেষ্টা করে তাহলে বুঝতে হবে হঠাৎ সামনেই কোনও হামলা আসতে পারে।

২৩. যদি আকাশের অনেক দূর পর্যন্ত ধুলোর রাশি দেখতে পান, তাহলে বুঝতে হবে রথ এগিয়ে আসছে, যখন ধুলো কমে যায়, তা এক বিস্তীর্ণ এলাকায় ছড়িয়ে পড়ে, তখন বুঝতে হবে পদাতিক সৈন্যদল এগিয়ে আসছে। যখন তারা বিভিন্ন ভাগে ভাগ হয়ে এক -একটা ভাগ এক-একটা দিকে চলে যায়, তখন বুঝতে হবে বিরাট দলের সম্মুখীনতা করানোর

জন্যই তারা একত্রিত হওয়ার চেষ্টা চালাচ্ছে। যদি বিক্ষিপ্ত ধুলো উড়তে দেখেন, তাহলে বুঝবেন সেনারা শিবির গড়ে তোলার চেষ্টা করছে।

২৪. বিনম্র শব্দ ও জোরদার প্রস্তুতি শত্রুরা এগিয়ে আসার সংকেত দেয়। হিংসাত্মক শব্দ আর এগিয়ে আসার প্রবনতা অর্থাৎ হামলা করার মতো সংকেত দিলে বুঝতে হবে, শত্রুপক্ষ পিছিয়ে যাবে।

২৫. ছোট ও কম শক্তিশালী রথ এগিয়ে এসে যদি নিজের জায়গা গড়ার চেষ্টা করে তাহলে বুঝতে হবে শত্রুপক্ষ হামলা করার জন্য প্রস্তুত।

২৬. কোনও রকম শপথ ছাড়া শান্তি প্রস্তাবের অর্থ হল কোনও কুচক্র গঠনের চেষ্টা চলছে।

২৭. যখন বেশি ভাগদৌড় দেখা যায়, সৈনিকরা যখন পংক্তিবদ্ধ হতে শুরু করে, তখন বুঝতে হবে গুরুত্বপূর্ণ মুহূর্ত আগত।

২৮. যখন একদল এগিয়ে আসে, আর এক দল পিছিয়ে যায়, তখন বুঝতে হবে লোভ দেখানোর চেষ্টা করা হচ্ছে।

২৯. যখন সৈন্যরা নিজের বর্শার উপর ভর দিয়ে ঝুঁকে দাঁড়ায়, তখন বুঝতে হবে তাদের খিদে পেয়েছে।

৩০. যাকে জল নিয়ে আসার জন্য পাঠানো হয়, যদি সে নিজেই জল পান করতে শুরু করে, তাহলে বুঝতে হবে সৈন্যরা তৃষ্ণার্ত।

৩১. শত্রুপক্ষের সুবিধা হচ্ছে দেখেও যদি সৈন্যরা তা প্রতিরোধ করার চেষ্টা না করে, তাহলে বুঝতে হবে সৈন্যরা ক্লান্ত বোধ করছে।

৩২. যদি কোথাও পাখিদের একত্রিত হতে দেখা যায়, তাহলে বুঝতে হবে সেই স্থানে কেউ কজ্জা করেনি, রাতে কোলাহলের অর্থ অধীরতার সংকেত।

৩৩. যদি শিবির গড়ার সময় সমস্যা দেখা দেয়, তাহলে বুঝতে হলে জেনারল শক্ত হাতে কাজ করতে জানে না। যদি ব্যানার আর পতাকা বদলে যায়, তাহলে তা রাজদ্রোহের কথা বলে। যদি অধিকারী বিরক্ত থাকে, তাহলে বুঝতে হবে সৈন্যরা ক্লান্ত বোধ করছে।

৩৪. যখন কোনও সৈন্য নিজের ঘোড়াকে খাবার দেয় আর পাচককে ধরে মারে, যদি তারা আগুনের উপর খাবার তৈরির জন্য বাসন রাখতে না

দেয়, তাহলে বুঝতে হবে তারা দৃঢ় প্রতিজ্ঞ, নিজেদের শিবির ছেড়ে লড়াইয়ের ময়দানে আসতে চলেছে।

৩৫. যদি সৈন্যরা একত্রিত হয়ে নিজেদের মধ্যে ফিসফিস করে বা নিচু স্বরে কোনও আলোচনা করতে ব্যস্ত থাকে, তাহলে বুঝতে হবে তারা সৈন্যপদ ও তার ক্রম নিয়ে অসন্তুষ্ট।

৩৬. অনেক বড় পুরস্কারের অর্থ হল, শত্রুদের উপকরণ প্রায় সমাপ্ত হতে চলেছে, খুবই চাপের মধ্যে অত্যাধিক শাস্তি দেওয়ার অর্থ প্রতারণার কথা বলে।

৩৭. প্রথমে খুব লাফালাফি করা, আর তারপর শত্রুদের শক্তি দেখে পিছিয়ে যাওয়ার প্রবনতা, সবচেয়ে বোকামির কথা প্রমাণ করে।

৩৮. যখন দূতেদের হাতে শুভকামনার বার্তা পাঠানো হয়, তখন বুঝতে হবে শত্রুপক্ষ কিছুটা সময়ের জন্য বোঝাপড়া চাইছে।

৩৯. যদি শত্রুপক্ষ রাগ দেখিয়ে এগিয়ে আসে, দীর্ঘদিন ধরে যুদ্ধ চালাতে থাকে, যদি ক্রমাগত যুদ্ধ চালিয়ে যাওয়ার মানসিকতা দেখা যায়, তাহলে সর্তক বা সচেতন থাকাটা খুবই জরুরি।

৪০. যদি আমাদের সেনা শত্রুপক্ষের থেকে বেশি না হয়, কিন্তু যদি পর্যাপ্ত হয়, তাহলে একটা কথা মাথায় রাখতে হবে, কোথাও সরাসরি হামলা করা যাবে না। আমরা যেটা করতে পারি সেটা হল, আমাদের ভেতরে যত শক্তির অভিজ্ঞতা আছে, সেগুলি কেন্দ্রভূত করে, শত্রুদের উপর কঠোর দৃষ্টি রেখে নিজেদের আরও সুদৃঢ় করতে হবে।

৪১. যে যথেষ্ট সাবধানতার সাথে পরিকল্পনা গড়ার অভ্যাস করেনা, যে নিজের শত্রুপক্ষকে দুর্বল মনে করে, সে অবশ্যই শত্রুদের হাতে ধরা পড়বে।

৪২. যদি সৈন্যদের যুদ্ধে যাওয়ার আগে কোনও কারণে দণ্ড দেওয়া হয়, তাহলে তারা কখনই বিনম্রতা দেখাবে না, আর যতক্ষণ না বিনম্র হতে পারছে, ততক্ষণ পর্যন্ত কোনওভাবে নিজেকে যোগ্য প্রমাণ করতে পারবে না। তবে যদি দোষ করার পরেও সৈন্যদের শাস্তি দেওয়া না হয়, যদি তাদের যুদ্ধের ময়দানে নিয়ে যাওয়া হয়, তাহলেও তারা বেকার হয়ে যায়।

৪৩. সৈন্যদের সাথে প্রথমবার কথা বলার সময় তাদের সাথে নম্র ব্যবহার করা উচিত। কিন্তু কঠোর অনুশাসনের দ্বারা তাদের নিয়ন্ত্রণে রাখতে হবে। এটাই জয়ের সবচেয়ে সুনিশ্চিত পথ।

৪৪. প্রশিক্ষণের সময় সৈন্যরা যদি আদেশ পালন করতে অভ্যস্ত হয়ে যায়, তাহলে সেনাদের খুব ভালো করে অনুশাসিত করা যাবে। যদি তা না হয়, তাহলে অনুশাসন শেষ হয়ে যাবে।

৪৫. যখন কোনও জেনারল নিজেদের সৈন্যদের উপর বিশ্বাস দেখায়, অথচ সর্বদা নিজের আদেশ পালনের জন্য বাধ্য করে, তখন পারস্পরিক লাভ প্রাপ্ত করা সম্ভব হয়।

১০

ভূখণ্ড

১. সুন তজু বলেছেন—

আমরা বোঝার জন্য ক্ষেত্রকে ছয়টা ভাগেভাগ করতে পারি —

১. সুলভ ময়দান

২. সমস্যাবহুল ময়দান

৩. সুযোগ প্রদানকারী ময়দান

৪. সংকট জনক পথ

৫. খাড়া পাহাড়

৬. শত্রুদের নাগালের বাইরে গিয়ে শিবির গড়া।

২. যে ময়দান উভয় পক্ষই সহজেই পার করতে পারে, তাকে সুলভ ময়দান বলে।

৩. এই ধরনের ময়দানের প্রকৃতি দেখার পর সৈন্যদল শত্রুদের আগে সেখানে পৌঁছে উঁচু ও রোদে ভরা স্থানগুলি নিজের অধিকার করে নেয় , আর সাবধানতার সাথে নিজেদের রসদ গুলিকে সংরক্ষণের চেষ্টা করে, তখনই তো সম্পূর্ণ শক্তির সাথে যুদ্ধ করা সম্ভব হয়ে ওঠে।

৪. যে ময়দান সহজেই পরিত্যাগ করা গেলেও, পুনরায় তা কব্জা করা কঠিন হয়ে পড়ে, সেক্ষেত্রে জালে ফেঁসে যেতে হয়।

৫. এমন স্থিতির জন্য যদি শত্রুপক্ষ প্রস্তুত না থাকে, তাহলে আপনি এগিয়ে গিয়ে তাকে পরাজিত করতে পারেন। কিন্তু যদি শত্রুপক্ষ হামলা করার

জন্য প্রস্তুত থাকে, আর আপনি যদি তাদের হারাতে অসফল হয়ে যান, তাহলে ফিরে আসার ইচ্ছা আপনাকে বিপদে ফেলতে পারে।

৬. যদি কোনও পক্ষ আগে থেকে এগিয়ে না আসে, তাহলে এমন ক্ষেত্রকে সুযোগ প্রদানকারী ময়দান বলা যেতে পারে।

৭. এমন পরিস্থিতিতে শত্রুপক্ষ আপনাকে লোভ দেখিয়ে আকর্ষণ করার চেষ্টা করতে পারে, কিন্তু সেক্ষেত্রে এগিয়ে না গিয়ে পিছিয়ে থাকার পরামর্শ দেওয়া হয়। অপর দিকে আপনি পিছিয়ে থেকে শত্রুদের ফিরে যাওয়ার জন্য প্রলোভন দেখান, যখন সেনারা ধীরে ধীরে পিছন দিকে সরতে শুরু করবে, তখন আপনি নিজের দল নিয়ে এগিয়ে গিয়ে আক্রমণ করতে পারেন।

৮. পথ যদি সংকীর্ণ হয়, তাহলে আপনাকে আগেই সেই রাস্তা কব্জা করে নিতে হবে, সেই পথে নিজের সৈন্যদের সাজিয়ে শত্রুদের আসার জন্য অপেক্ষা করতে হবে।

৯. সেনাদের একটা পথ কব্জা করে রাখতে হবে। যদি আপনি দৃঢ় মোর্চা গঠনে সক্ষম হন, তাহলে পিছু করার দরকার নেই, শুধুমাত্র মোর্চা দুর্বল হলে তবেই এগিয়ে যাওয়ার কথা ভাবুন।

১০. খাড়া পাহাড় সম্পর্কে আপনি যদি আগে থেকেই দৃঢ় অভিজ্ঞতা সম্পন্ন হন, তাহলে আপনাকে উঁচু স্থান কব্জা করে নেওয়া উচিত। আর সেখানে থেকে শত্রুদের আসার অপেক্ষা করতে হবে।

১১. যদি শত্রুরা আগে থেকেই সেখানে কব্জা করে থাকে, তাহলে তাদের পিছু করবেন না, বরং আপনি নিজের দল নিয়ে পিছু হাঁটুন ও দূরে পালানোর চেষ্টা করুন।

১২. আপনি যদি শত্রুর থেকে অনেকটা তফাতে দাঁড়িয়ে থাকেন, আর উভয় পক্ষের সেনার শক্তি যদি সমান হয়, তাহলে যুদ্ধ করা খুব একটা সহজ হবে না, এই লড়াই আপনার জন্য লাভদায়ক হবে না।

১৩. এটা পৃথিবীর সাথে যুক্ত ছয়টা সিদ্ধান্ত। জেনারেলের পদটা খুবই গুরুত্বপূর্ণ পদ, তাই খুবই সচেতন ভাবে তাকে সেই পদের অধ্যয়ন করতে হবে।

১৪. সেনাদের ছয়টা বিভিন্ন বিপদের কথা জানানোটা খুবই জরুরি। এই বিপদ গুলি প্রাকৃতিক কারণে উৎপন্ন হয়না, বরং তার কারণ হল ভুল, যা জেনারলের ভুলের জন্য হয়ে থাকে। সেই গুলি হল —

    ১.   পলায়ন

    ২.   অবজ্ঞা

    ৩.   পতন

    ৪.   বিনাশ

    ৫.   অব্যবস্থা

    ৬.   কোলাহল

১৫. সমস্ত পরিস্থিতি সমান, যদি একজন সেনা নিজের থেকে দশগুন অধিক শক্তি সম্পন্ন সেনার সাথে লড়াই করে, তাহলে পরিণাম দাঁড়াবে, প্রথম সেনা যুদ্ধ ক্ষেত্র থেকে পালানোর চেষ্টা করবে।

১৬. যদি সাধারণ সৈন্যরা খুবই শক্তিশালী হয়, আর অফিসার খুবই দুর্বল প্রকৃতির হয়, তাহলে পরিণামে অবজ্ঞা ছাড়া আর কিছু পাওয়া যায় না। আবার যদি অফিসার খুবই শক্তিশালী হয়, আর সৈন্যরা অনেক দুর্বল হয়, তাহলেও পরিণাম স্বরূপ পতনই দেখা যায়।

১৭. যখন উচ্চ পদস্থ অফিসার রেগে থাকে এবং অধীনস্থ সেনাদের সাথে রুষ্ট হয়েই যুদ্ধ শুরু করে দেয়, তাহলে সে যুদ্ধ করার মতো অবস্থায় আছে কিনা বলার আগেই, পরিণাম কিন্তু ধ্বংসের দিকেই নিয়ে যায়।

১৮. যখন জেনারল দুর্বল হয় ও অধিকার স্থাপনের ক্ষমতা থাকে না, যদি তার আদেশ স্পষ্ট করে বোঝা না যায়, যদি তা সকলের থেকে আলাদা না হয়, যখন অফিসার ও সৈন্যদের মধ্যে নিশ্চিত কর্তব্যের বোধ জন্মায় না, এবং যেখানে পদগুলির গঠন অব্যবস্থিত হয়, যেখানে পরিচালনা ঠিক মতো হয়না, সেখানে অব্যবস্থা ছাড়া আর কীই বা দেখা যেতে পারে!

১৯. যখন জেনারল শত্রুদের শক্তি অনুমান করতে অসমর্থ থেকে যায়, যখন সে কোনও দুর্বল সৈন্যকে কোনও শক্তিশালী সেনার সাথে লড়াই করার অনুমতি দেয়, বা কোনও শক্তিশালী সৈন্যদলের বিরোধীতা করার জন্য

একটা দুর্বল সৈন্যদল প্রেরণ করে, যাদের প্রথম পংক্তিতে রাখার কথা ছিল, যদি তা না করা হয়, তাহলে তো পরিণামও বিপরীতই হবে।

২০. এই ছয়টা সিদ্ধান্ত জেনারলকে অবশ্যই মাথায় রাখতে হবে, না হলে পরাজয় অনিবার্য। উচ্চ পদস্থ অফিসারদেরও এই বিষয় গুলি মাথায় রাখতে হবে।

২১. সাধারণত দেশ গঠনের কাজে সৈন্যদের একটা বিরাট বড় ভূমিকা থাকে। সৈন্যদের সহযোগিতা ছাড়া একটা সুন্দর দেশ গঠন করা সম্ভব না। কিন্তু সেই সাথে বিরোধী শক্তি সম্পর্কেও সচেতন থাকতে হবে, নিজের সৈন্যদের বুদ্ধির সাথে নিয়ন্ত্রণ করতে হবে, যাতে তারা সমস্ত রকম কঠিন পরিস্থিতিতেও দেশের হয়ে কাজ করতে পারে। বিপদ ও দূরত্বের আঁচ করাটা একজন শক্তিশালী জেনারলের জন্য এক বিরাট পরীক্ষা।

২২. যে এই সমস্ত বিষয় গুলি সম্পর্কে ওয়াকিবহাল থাকে এবং যুদ্ধের সময় নিজের এই জ্ঞান গুলির ব্যবহার করে, সেই যুদ্ধে জয়লাভ করতে সক্ষম হয়। যে ব্যক্তি এই বিষয় গুলি জানে না, যুদ্ধের সময় যে এই কথা গুলি মাথায় রাখে না, তাকে নিশ্চিত রূপে পরাজয়ের সন্মুখীনতা করতে হয়।

২৩. যদি যুদ্ধই জয়ের পরিণাম হয়, তাহলে আপনাকে লড়াই করতেই হবে। শাসকদলের অনুমতি না থাকলেও আপনাকে সেই কাজ করতে হবে। যদি যুদ্ধ করেও জয়ের আশা না থাকে, তাহলে আপনার লড়াই করা উচিত না। শাসকদল চাইলেও তা করা উচিত হবে না।

২৪. যে জেনারল, যে কোনও রকম ভয় বা খ্যাতির পরোয়া না করেই পিছন দিকে হাঁটতে শুরু করে, যে কোনও অপমানের কথা মাথায় না রেখেই পিছু হাঁটতে থাকে, যে একমাত্র নিজের দেশকে রক্ষা করার কথা ভাবে, যে শুধুমাত্র দেশকে কীভাবে সেবা প্রদান করা যায়, সেই কথা নিয়েই বিচলিত থাকে, সে রাজ্যের অলংকার।

২৫. নিজের সৈন্যদের নিজের সন্তানের চোখে দেখতে হবে, তাদের সন্তানের মতো স্নেহ করতে হবে, তাহলে তারা সুদূর উপত্যকাতেও আপনার আজ্ঞা পালন করবে, তাদের নিজেরই একজন ভাবুন, তাহলে

দেখবেন, তারা নিজেদের শেষ শ্বাসটা পর্যন্ত আপনার পাশেই দাঁড়িয়ে থাকবে।

২৬. আপনি যদি বিনম্র হন, যদি নিজের নিয়ন্ত্রণ ধরে রাখতে অসমর্থ হন, আপনি যদি দয়ালু হন, অথচ যদি নিজের আদেশ গুলি প্রয়োগ করার ক্ষমতা না থাকে, আপনি যদি কোনও রকম অব্যবস্থায় বাধা দিতে অসমর্থ হন, তাহলে আপনার সৈন্যরা অবাধ্য শিশুর মতো আচরণ করবে, তারা কোনও ব্যবহারিক উদ্দেশ্য পালন করতে সমর্থ হবে না।

২৭. যদি আমরা বুঝি যে, শত্রুপক্ষ হামলা করতে প্রস্তুত, তারা যদি জানে যে, আমাদের সৈন্যরাও যুদ্ধ করতে প্রস্তুত, তাহলে বুঝতে হবে, আপনার জয় অর্ধেক রাস্তায় এসে দাঁড়িয়ে আছে।

২৮. যদি আমরা বুঝি যে, শত্রুপক্ষ হামলা করতে প্রস্তুত, কিন্তু যদি তারা এটা না জানে যে, আমাদের সৈন্যরা যুদ্ধ করার পরিস্থিতিতে নেই, তাহলে বুঝতে হবে, আপনার জয় অর্ধেক রাস্তায় এসে দাঁড়িয়ে আছে।

২৯. যদি আপনি বোঝেন যে, আপনি শত্রুদের উপর হামলা করতে প্রস্তুত, যদি আপনার সৈন্যদলও সেইভাবেই প্রস্তুত থাকে, তাহলে আপনি অনেকটাই নিশ্চিন্ত হতে পারবেন, তবে যদি যুদ্ধক্ষেত্র সম্পর্কে আপনি ততটা ওয়াকিবহাল না হন, তাহলেও কিন্তু আপনার জয় অর্ধেক রাস্তাতেই দাঁড়িয়ে থাকবে।

৩০. তাই অভিজ্ঞতা সম্পন্ন সৈনিক, যারা গতিমান, তারা কখনই হতাশ হয় না, একবার শিবির ভেঙে যাওয়ার পরেও তারা কখনই ক্ষতির মুখোমুখি হয়না।

৩১. তাই তো কথায় বলে— যদি আপনি শত্রুদের সম্পর্কে ওয়াকিবহাল হন, আপনি যদি নিজের সম্পর্কেও ঠিক মতো জানেন, তাহলে আপনার জয় নিয়ে কোনও সন্দেহ থাকে না, আপনি যদি স্বর্গ ও নরক দুই সম্পর্কেই ওয়াকিবহাল হন, তাহলে নিজের জয় সুনিশ্চিত করতে সমর্থ হবেন।

❖

১১

ন'রকম পরিস্থিতি

১. সুন তজু বলেছিলেন—
    যুদ্ধক্ষেত্র নয় ধরনের ময়দানকে পরিচিত করায়-

    ১. বিস্তৃত ময়দান

    ২. সরল ময়দান

    ৩. বিবাদাস্পদ ময়দান

    ৪. খোলা ময়দান

    ৫. রাজমার্গ ভাগ করে দেয় এমন ময়দান

    ৬. বিপজ্জনক ময়দান

    ৭. কঠিন ময়দান

    ৮. চারদিক দিয়ে ঘেরা ময়দান

    ৯ .নিরাশাজনক ময়দান

২. যখন কোনও জেনারল নিজের ক্ষেত্রেতেই যুদ্ধ করে, তখন তার সামনে বিস্তৃত ময়দান দেখা যায়।

৩. যখন তারা শত্রুপক্ষের জমিতে পা রাখে, কিন্তু যদি অনেকটা ভেতরে ঢুকে না যায়, তাহলে তা সুগম পথ।

৪. যে ক্ষেত্রেতে দুই পক্ষই নিজেদের অধিকার স্থাপন করতে পারে, যেখানে দুই পক্ষেরই লাভবান হওয়ার সম্ভাবনা থেকে যায়, সেটা বিবাদাস্পদ ময়দান।

৫. যে ময়দানে উভয় পক্ষই স্বাধীন, সেই ময়দান হল খোলা ময়দান।

৬. যে ময়দান তিনটি রাজ্যের সংলগ্ন এলাকায় অবস্থিত, তা সেই তিন রাজ্যেরই চাবিকাঠি। যে ওই ভূমি আগে কজ্জা করতে পারবে, সেই পারবে নিজের অধিকার স্থাপন করতে। এমন ধরনের ভূমিকে বলা যায়, রাজমার্গ ভাগ করে দেয় এমন ময়দান।

৭. যখন সেনারা একটা শত্রু দেশে ঢুকে পড়ে, যদি তাদের পিছনে কোনও কেল্লা ঘেরা শহর থাকে, তাহলে সেই ময়দান বিপজ্জনক হয়ে ওঠে।

৮.   পাহাড়, জঙ্গল, এবড়ো-খেবড়ো রাস্তা, পাঁক ভর্তি এলাকা, যে দেশের বেশিরভাগ এলাকাই এই রকম, সেখানে যাত্রা করা খুবই কঠিন, এমন ময়দানকে কঠিন বলা হয়।

৯. যে ক্ষেত্রে পৌঁছানোর জন্য সংকীর্ণ উপত্যকার মধ্যে দিয়ে যেতে হয়, যেখানকার রাস্তা খুবই জটিল, সেখানে শত্রুপক্ষের মাত্র কয়েকজন সৈন্যই আমাদের বিরাট সৈন্যকে ধ্বংস করে দেওয়ার জন্য যথেষ্ট, এমন ক্ষেত্রেকেই ঘেরা ময়দান বলা হয়।

১০. যেখানে কোনও রকম বিলম্ব না করে, লড়াই করে বিনাশের হাত থেকে বাঁচা সম্ভব, সেই ক্ষেত্রকে নিরাশাজনক ময়দান বলা হয়।

১১. তাই বিস্তৃত ময়দানে কখনই লড়াই করা উচিত না। সরল ময়দানে শিবির গড়ার কথা ভুলেও ভাববেন না। বিবাদাস্পদ ময়দানে কখনই হামলা করবেন না।

১২. খোলা ময়দানে শত্রুপক্ষের রাস্তা অবরুদ্ধ করার চেষ্টা করবেন না। যে ময়দান রাজমার্গের মধ্যে অবস্থিত, সেখানে নিজের সহযোগীর সাথে হাত মিলিয়ে তাকে তাল মিলিয়ে চলুন।

১৩. কঠিন ময়দানে লুঠনের কাজ চালিয়ে যান। কঠিন ময়দানে ক্রমাগত মার্চ চালিয়ে যেতে হবে।

১৪. ঘিরে থাকা ময়দানে চোখে ধুলো দেওয়ার চেষ্টা করবেন, নিরাশাজনক ময়দানে লড়াই চালিয়ে যান।

১৫. যাকে দক্ষ নেতা হিসাবে চিহ্নিত করা যেত, কীভাবে সৈন্যদলের সম্মুখ ভাগ ও পিছনের ভাগে ছেদ করা যায়, তা সে তার খুব ভালোই জানা

ছিল। এর বড় ও ছোট ভাগের মধ্যের সমস্ত সহযোগিতা বন্ধ করতে হবে, ভালো সৈন্যদের কখনই খারাপ সৈন্যদের সাহায্য করা উচিত না, এবং অফিসারের উচিত সৈন্যদের নির্দেশ না দেওয়া।

১৬. যখন শত্রুপক্ষের সৈন্যরা একজোট হয়ে যায়, তখন সে তাদের অব্যবস্থিত করার চেষ্টা করে।

১৭. যখন তা তার হিতে বলে মনে করে, তখনই সে সামনের দিকে পা বাড়ায়, তা না হলে সে চুপ করে থাকে।

১৮. যদি জিজ্ঞাসা করা হয়, ক্রমবদ্ধ সরণীতে শত্রুপক্ষের এক বিরাট সৈন্যদলের সম্মুখীনতা কীভাবে করা যেতে পারে, তাহলে আমি বলব— "যা আপনার প্রতিদ্বন্দ্বীর কাছে প্রিয় বলে মনে হয়, তা নিজের আয়ত্তে নেওয়ার চেষ্টা করুন, তবেই সে আপনার অধীনে থাকবে।

১৯. যুদ্ধের জন্য চালাকি করতেই হয়, শত্রুপক্ষ যদি প্রস্তুত না থাকে, তাহলে সেই সুযোগ নেওয়ার চেষ্টা করুন, অপ্রত্যাশিত পথেই নিজের পথ তৈরির চেষ্টা করুন, আর যেদিক গুলি সম্পর্কে আপনার শত্রুপক্ষ ততটা সচেতন নয়, সেই দিকে হামলা করার চেষ্টা করুন।

২০. যে সৈন্যদল হামলা করার জন্য ব্যাকুল হয়ে উঠেছে, তাদের এই বিষয়গুলি মাথায় রাখা উচিত— আপনি যতবেশি শত্রুদের দেশে প্রবেশ করার চেষ্টা করবেন, ততবেশি নিজের সৈন্যদের একজোট করার চেষ্টা করতে হবে। তাতে করে শত্রুপক্ষ কোনওদিন আপনাকে পরাস্ত করতে পারবে না।

২১. উর্বর জমি অধিগ্রহণ করার চেষ্টা বেশি করে করুন, যাতে সেই জমি আপনাকে সৈন্যদের রসদ প্রদান করতে পারে।

২২. নিজের সৈন্যদের দিকে ধ্যান দিন, তাদের অধ্যয়ন করুন, তাদের উপর বেশি চাপ দেওয়ার চেষ্টা করবেন না। নিজেদের শক্তি একত্রিত করে, তা বৃদ্ধির চেষ্টা করুন। নিজের সেনাদের ক্রমাগত এগিয়ে নিয়ে যান, বড়-বড় পরিকল্পনা গড়ে তোলার চেষ্টা করুন।

২৩. নিজেদের সৈন্যদের এমন স্থিতিতে ছেড়ে দিন, যেখান থেকে কেউ ইচ্ছা করলেও পালাতে পারবে না, যুদ্ধের সময় যাতে মৃত্যুকেই তারা

প্রাথমিকতা দেয়, সেটা লক্ষ্য রাখতে হবে। যদি তারা মৃত্যুর মুখে দাঁড়িয়ে থাকে, তাহলে এমন কিছুই নেই, যা তাদের পক্ষে প্রাপ্ত করা সম্ভব না। অফিসার ও সৈন্যদের সমানভাবে তাদের সম্পূর্ণ শক্তির প্রয়োগ করতে হবে।

২৪. যখন সৈন্যদের কাছে আর কোনও পথ খোলা থাকে না, তখন তারা দৃঢ়তার সাথে নিজেদের স্থানে দাঁড়িয়ে থাকে, মনে হাতাশা থাকলেও একটা উন্মত্ততা থাকে, যার ফলে তাদের শরীরে কোনও রকম ভয় থাকে না। শত্রু দেশে দাঁড়িয়ে থাকলেও নিজেদের দৃঢ়তা ক্ষুণ্ণ হতে দেয় না, কোনও রকম সাহায্য না পেলেও সাহসের সাথে লড়াই চালিয়ে যায়।

২৫. অনেক সময় সৈন্যদের উপর কোনও রকম নজর না দিয়েও তাদের প্রস্তুত করা যায়। কিছু না বলা সত্ত্বেও তারা ইচ্ছা পূরণ করে থাকে। তারা সর্বদা ভরসাযোগ্য হয়ে থাকে, সেই হিসাবেই নিজেদের কাজ করে। তাই আদেশ না দিয়েও তাদের উপর ভরসা করা যেতে পারে।

২৬. অন্ধবিশ্বাসের থেকে যে সন্দেহের জন্ম হয়, তা দূর করার চেষ্টা করুন। কোনও বিপদ দেখে ভয় পাবেন না, যতক্ষণ না মৃত্যু হচ্ছে।

২৭. যদি আমাদের সৈন্যদের মধ্যে অর্থের কোনও লালসা না থাকে, তার মানে এই নয় যে, তারা অর্থ লাভ করতে চায় না। তাদের জীবন ক্ষণিকের হলেও তাদের ভেতরে যে দীর্ঘায়ু লাভের ইচ্ছা থাকে না, তা কিন্তু না।

২৮. যেদিন তাদের যুদ্ধ করার আদেশ দেওয়া হয়, সেদিন আপনার সেনারা কান্নায় ভেঙে পড়তে পারে, তারা নিজেদের মুখে কাপড় ঢাকা দিয়ে বসে যেতে পারে, কেউ কেউ শুয়ে চোখের জল ফলতে পারে। কিন্তু একবার যখন তারা যুদ্ধক্ষেত্রে গিয়ে উপস্থিত হয়, তখন তারা নিজেদের আসল সাহসের প্রদর্শন করে থাকে।

২৯. কুশল রণনীতির তুলনা শুঈ-জনের সাথে করা যেতে পারে। শুঈ-জন হল এমন এক ধরনের সাপ যা চ্যাঙ্গ পাহাড়ে পাওয়া যায়। তার মাথায় মারা হলে সে নিজের লেজ দিয়ে হামলা করতে পারে, আর যদি লেজে

আঘাত করা হয়, তাহলে মাথা দিয়ে হামলা করে। তার শরীরের মধ্যভাগে হামলা করলে লেজ ও মাথা দুই দিয়েই আঘাত করে।

৩০. যদি কেউ আমাকে জিজ্ঞাসা করে, সেনাদের শুঈ-জনের মতো প্রশিক্ষণ দেওয়া যায় কি? তারা শুঈ-জনকে অনুকরণ করতে পারবে কি? তাহলে আমার উত্তর হবে, 'হ্যাঁ'। ভূ আর ইউ-র লোকেরা একে অপরের শত্রু, তবু যদি তারা একই নৌকায় নদী পার করে আর ঝড়ের মধ্যে ফেঁসে যায়, তাহলে তারা একে অপরের সাহায্যের জন্য এমনভাবে এগিয়ে আসবে, যেমন ডানহাত বাম হাতকে করে থাকে।

৩১. তাই ঘোড়ার বাঁধনের উপর অধিক ভরসা করা আর রথের চাকা কতটা মাটিতে ঘসেছে, সেদিকে ততটা নজর দেওয়ার প্রয়োজন নেই।

৩২. যে সিদ্ধান্তের উপর সেনাদের পরিচালিত করা হয়, সেখানে সাহস হল অন্যতম বিষয়, যা সকলের মধ্যে সঞ্চারিত হতে হবে।

৩৩. কীভাবে দুর্বল ও সবলদের মধ্যে যোগসূত্র গড়ে তোলা যায়, তা এক বিরাট প্রশ্ন। সেক্ষেত্রে ময়দানের সঠিক প্রয়োগের বিষয়টাও বড় হয়ে দাঁড়ায়।

৩৪. কোনও দক্ষ সেনাপতি এক ব্যক্তির উপর নেতৃত্ব করে, ঠিক তেমন ভাবেই সে নিজের সম্পূর্ণ সৈন্যদলকে পরিচলিত করে।

৩৫. চুপ করে থাকা ও গোপনীয়তা সুনিশ্চিত করা, একজন জেনারেলের প্রধান কর্তব্য। সততা ও ন্যায়ের দ্বারা এই ধরনের ব্যবস্থা করা যেতে পারে।

৩৬. সে নিজের অফিসার ও সৈন্যদের মিথ্যা রিপোর্ট দেখাতে পারে, এমনকী এমনভাবে অভিনয় করতে পারে যাতে সম্পূর্ণ বিষয়টা তাদের কাছে রহস্যময় হয়ে ওঠে, এইভাবে তাদের কাছে সম্পূর্ণ বিষয়টা রহস্যময় হয়ে ওঠে।

৩৭. নিজেদের পরিচালনা ও পরিকল্পনা গুলি বদলে, সে শত্রুপক্ষকে কিছুতেই প্রকৃত পরিস্থিতি সম্পর্কে বুঝতে দেয়না। এমনকী বারংবার ঘুরিয়ে ফিরিয়ে এমন ভাবে শিবির গড়ে তোলে, যাতে করে শত্রুপক্ষ কোনও কিছু আঁচ করতেই অসমর্থ থেকে যায়।

৩৮. সংকটময় স্থিতিতে একজন সেনানায়ক সেই রকম ব্যবহার করে, যাকে উঁচুতে উঠিয়ে দিয়ে তার থেকে মইটা কেড়ে নেওয়া হয়। সে নিমিষে নিজের সৈন্যদের শত্রুদের ক্ষেত্রে নিয়ে যায়।

৩৯. সে নিজের নৌকা গুলি জ্বালিয়ে দেয়, আর নিজেদের খাবার তৈরির বাসন গুলি ভেঙে দেয়, যারা ভেড়াও ছাগলের দল নিয়ে ঘোরাফেরা করে, ঠিক তাদের মতো সেও তার দলের সাথে এমন করে ঘুরতে থাকে, যে সে তাদেরকে সঙ্গে নিয়ে কোথায় যাচ্ছে, সেই সম্পর্কে কাউর কোনও অভিজ্ঞতা থাকে না।

৪০. নিজের সৈন্যদের সংগঠিত করা, তাদের বিপদের থেকে বাইরে নিয়ে যাওয়া, কোনও সেনানায়কের অন্যতম প্রধান কর্তব্য।

৪১. বিভিন্ন মাপদণ্ড, যা নয় প্রকার ময়দানের অনুকূল, আক্রমক ও রক্ষাত্মক রণনীতির সুবিধা এবং মানব প্রকৃতির মৌলিক নিয়ম গুলি এমনি হয়, যেগুলি অধ্যয়ন করাটা খুবই জরুরি।

৪২. শত্রুপক্ষকে হামলা করার সময়, একটা সাধারণ বিষয় মাথায় রাখাটা খুবই জরুরি, যদি ছোট কোনও রাস্তা দিয়ে ভেতরে ঢোকার চেষ্টা করা হয় তাহলে ছড়িয়ে পড়ার সম্ভাবনা দেখা যায়, তাই গভীরতার সাথে বিচার করে তবেই এগাতে হবে।

৪৩. আপনি যখন নিজের দেশকে পিছনে রেখে নিজের সেনাদের নিয়ে প্রতিবেশী কোনও দেশে ঢোকেন, তাহলে আপনি নিজে একটা গুরুত্বপূর্ণ স্থানে গিয়ে উপস্থিত হন, যদি চারদিকে ছড়িয়ে পড়ার সুযোগ থাকে তাহলে বুঝবেন আপনি ঠিক জায়গাতে উপস্থিত হয়েছেন।

৪৪. যদি আপনি কোনও দেশের গভীরে প্রবেশ করতে চান, তাহলে সেই পথ বিপজ্জনক ক্ষেত্রে পরিণত হয়। একটু ভেতরে ঢুকে যেতে পারলেই সরল ময়দানের সন্ধান পাবেন।

৪৫. যদি আপনাদের উপর শত্রুদের ছায়া দেখা যায়, আর সামনের রাস্তা যদি সংকীর্ণ হয়, তাহলে বুঝতে হবে আপনারা ঘেরা ময়দানে প্রবেশ করে ফেলেছেন, যেখান থেকে বেঁচে ফেরার সুযোগ খুবই কম থাকে, তা একটা হতাশাজনক ময়দানে পরিণত হয়।

৪৬. সরল ময়দানে দেখতে হবে, সমস্ত সেনাদের বিভিন্ন ভাগের মধ্যে ঘনিষ্ঠ সংযোগ আছে কি নেই।

৪৭. বিবাদাস্পদ ময়দানে সিদ্ধান্ত নেওয়ার ক্ষেত্রে তাড়াহুড়ো করাটা খুবই জরুরি।

৪৮. খোলা ময়দানে নিজের শত্রুদের উপর কঠোর নজর রাখতে হবে। রাজমার্গ ভাগ করে দেয় এমন ময়দানে সহযোগিদের সাথে তাল মিলিয়ে চলতে হবে।

৪৯. বিপজ্জনক ময়দানের ক্ষেত্রে সমস্ত উপকরণ সুলভে পাওয়া যাবে কিনা সেই বিষয়টা নিশ্চিত করাটা খুবই জরুরি। কঠিন পরিস্থিতিতে মার্গ অনুসরণ করে চলতে হবে।

৫০. ঘেরা ময়দানের ক্ষেত্রেও পিছনে যাওয়ার সমস্ত পথ বন্ধ করে দেব। নিরাশাজনক ময়দানে নিজের সৈন্যদের থেকে একটা বিষয়ই আশা করব, তারা যেন নিজেদের জীবন বাঁচানোর জন্য কখনও হতাশ হয়ে না পড়ে।

৫১. যখন সৈন্যরা দেখে যে, তাদের চারদিক দিয়ে ঘিরে ধরা হয়েছে, তখন তারা কঠোর হাতে প্রতিরোধ করার চেষ্টা করে। যখন তারা নিজেদের সাহায্য করতে পারে না, তখন দ্বিগুন শক্তিতে লড়াইয়ের চেষ্টা করে, যখন তারা বিপদের মধ্যে পড়ে যায়, তখন ব্যবস্থিত ভঙ্গিতে নিজেদের আদেশের পালন করে।

৫২. ততক্ষণ পর্যন্ত প্রতিবেশী দেশের সাথে হাত মেলানো যাবে না, যতক্ষণ না পর্যন্ত তাদের রচনা সম্পর্কে সম্পূর্ণভাবে ওয়াকিবহলা হওয়া যাচ্ছে। আমরা ততক্ষণ পর্যন্ত সেনাদের নেতৃত্ব প্রদানে উপযুক্ত হতে পারি না, যতক্ষণ না আমরা শত্রুদেশের প্রকৃতি সম্পর্কে সম্পূর্ণ রূপে ওয়াকিবহাল হচ্ছি। অর্থাৎ সেই দেশের কোথায় সমতল, কোথায় পাহাড়, কোথায় মরুভূমি ও কোথায় পাঁকময় জমি আছে তা জানাটা খুবই জরুরি। যতক্ষণ না আমরা স্থানীয় পথপ্রদর্শকের ব্যবহার করতে পারছি, ততক্ষণ পর্যন্ত প্রাকৃতিক দিক দিয়ে কোনওভাবেই লাভবান হওয়া সম্ভব না।

৫৩. এই চারটি বা পাঁচটি সিদ্ধান্তের মধ্যে একটাও কোনও যোদ্ধা বা রাজকুমারের অদেখা করা উচিত হবে না।

৫৪. যখন কোনও যোদ্ধা রাজকুমার কোনও শক্তিশালী দেশের উপর হামলা করে, তখন সে এমনভাবে নেতৃত্ব করে, যাতে শত্রুপক্ষের সেনারা কিছুতেই একত্রিত হতে না পারে। সে সর্বদা তাদের মিলনের পথে বাঁধা হয়ে দাঁড়ানোর চেষ্টা করে। সে তার বিরোধীদের উপর প্রভাব সৃষ্টির চেষ্টা করে, এবং শত্রুদের সহযোগিরাও তাদের বিরুদ্ধে সহযোগিতা করার সাহস দেখায় না।

৫৫. এই কারণে সে নিজে বিভিন্ন দেশকে সাহায্য করার চেষ্টা করে না, সেই সাথে অন্য দেশের শক্তি বৃদ্ধিতেও কোনও রকম সহযোগিতা করে না। সে নিজের পরিকল্পনা সর্বদা গোপনে রাখে, যাতে প্রতিপক্ষদের চমকে দেওয়া যায়। এইভাবে সে শত্রু রাজ্যকে আক্রমণ করে তাদের শক্তি সমূলে উৎপাটিত করে, সেই স্থানে নিজের অধিকার স্থাপন করে।

৫৬. শাসনের পরোয়া না করেই পুরস্কার প্রদান করে, বিগত ব্যবস্থাকে স্বীকার করে নিয়ে আদেশ জারি করে, এবং নিজের সম্পূর্ণ সৈন্যদলকে সামলাতে সক্ষম হয়। যেমনভাবে একটা মানুষকে নিজের নিয়ন্ত্রণে আনতে হয়।

৫৭. নিজে নিজের সৈন্যদলের সামনে গিয়ে দাঁড়ান। কিন্তু আপনি নিজের মনে কী পরিকল্পনা গড়েছেন, তা যেন তারা জানতে না পারে। যখন দৃষ্টিকোণ উজ্জ্বল হয়ে যাবে, তখন তা তাদের চোখের সামনে নিয়ে আসার চেষ্টা করুন। কিন্তু যদি পরিস্থিতি হতাশাজনক হয়, তাহলে যেন তাদের কিছু বলবেন না।

৫৮. নিজের সেনাদের অত্যন্ত ভয়ানক পরিস্থিতিতে রাখার চেষ্টা করুন, তাতে তারা বেঁচে থাকবে, হতাশাজনক স্থিতিতে রাখলে সুরক্ষিত ভাবে বেরিয়ে যেতে পারবে।

৫৯. যখন কোনও সেনা ক্ষতিগ্রস্ত হয়ে পরাজয়ের মুখে দাঁড়িয়ে থাকে, তখন সে জেতার জন্য কমপক্ষে একবার প্রহার করবেই।

৬০. শত্রুদের উদ্দেশ্য গুলি ভালো করে লক্ষ্য করে তা বুঝতে পারলে যুদ্ধ লাভের সম্ভাবনা অনেকটাই বৃদ্ধি পায়।

৬১. শত্রুদের পাশে পাশে ক্রমাগত চলতে পারলে, আমরা শত্রুপক্ষের কমান্ডার-ইন-চিফ-কে মারতে সফল হতে পারি।

৬২. একে চালাকির দ্বারা নিজের মামলাটিকে সফলতার সাথে সম্পূর্ণ করা বলা যেতে পারে।

৬৩. যেদিন, আমি নিজের ক্ষমতার সম্পূর্ণ প্রয়োগ করতে সক্ষম হবেন, সেদিন সীমান্ত বর্তী রাস্তা বন্ধ করতে পারবেন, সমস্ত গুপ্তচরদের আনাগনা শেষ করে দিতে সক্ষম হবেন।

৬৪. পরিস্থিতি নিজের হাতে রাখার জন্য আপনাকে কঠোর হতেই হবে।

৬৪. যদি শত্রুপক্ষ নিজেদের দরজা খোলা রেখে দেয়, তাহলে যতটা সম্ভব দ্রুত গতিতে আপনাকে ভেতরে প্রবেশ করতে হবে।

৬৫. প্রতিপক্ষের কাছে যা অতি প্রিয়, যা সূক্ষ্মতার সাথে ময়দানে নিয়ে আসার কথা ভেবেছে, জয়লাভ করে, তা নিজের অধিকারে নিয়ে আসার চেষ্টা করুন।

৬৭. নিয়মের সাথে নির্ধারিত পথে এগিয়ে চলুন, নিজেকে শত্রুদের অনুসারে গড়ে তুলুন, যতক্ষণ না আপনি একটা নির্ণায়ক লড়াই লড়তে পারছেন।

৬৮. একজন অবিবাহিত মহিলা যেমন নিষ্ঠার সাথে জীবন কাটায়, আগে তেমন ভাবে চলুন, যতক্ষণ না শত্রু আপনাকে দেখে আকর্ষিত হচ্ছে। তারপর খরগোশের মতো দ্রুত অনুসরণ করার চেষ্টা করুন, তাতে করে শত্রুপক্ষ আপনার বিরোধ করতে বিলম্ব করে ফেলবে।

❖

<h1 style="text-align:center">১২</h1>

আগুনের দ্বারা আক্রমণ

১. সুন তজু বলেছিলেন—

আগুন দিয়ে আক্রমণ করার পাঁচটি উপায় আছে। প্রথমত সৈন্যদের তাদের শিবিরের মধ্যেই পুড়িয়ে দেওয়া, দ্বিতীয়ত খাদ্য ভাণ্ডার পুড়িয়ে দেওয়া, তৃতীয়ত মালপত্র বহনকারী গাড়িগুলি পুড়িয়ে দেওয়া, চতুর্থত অস্ত্রাগার ও হাতিয়ার নষ্ট করে দেওয়া, পঞ্চমত শত্রুদের উপর আগুন নিয়ে হামলা করা।

২. কোনও হামলাকে চরিতার্থ করার জন্য আমাদের কাছে প্রয়োজনীয় উপকরণ থাকাটা খুবই জরুরি। আগুন লাগানোর জন্য সর্বদা প্রয়োজনীয় জিনিস গুলি গুছিয়ে রাখতে হবে।

৩. আগুন দিয়ে হামলা করার জন্য সঠিক সময়ের অপেক্ষা করতে হয়। আর এমন ধরনের অগ্নিকাণ্ড শুরু করার জন্য বিশেষ দিনের অপেক্ষা করাটা খুবই জরুরি।

৪. এর জন্য সঠিক আবহাওয়ার দরকার, অর্থাৎ শুষ্ক আবহাওয়ার প্রয়োজন। চারদিকে যেন ভালো করে হাওয়া প্রবাহিত হয়, রাতের আকাশ যেন উজ্জ্বল থাকে।

৫. আগুন দিয়ে আক্রমণ করার সময় পাঁচটা সম্ভাব্য বিষয় মাথায় রাখাটা খুবই জরুরি। সেইগুলি হল -

১. যখন শত্রুদের শিবিরের মধ্যে আগুন ধরে যায়, তখন কোনও রকম শোরগোল ছাড়া কার্য চালিয়ে যেতে হবে।

২. যদি আগুন চারদিকে ছড়িয়ে পড়ার পরেও শত্রুপক্ষের সৈন্যদের চুপ থাকতে দেখা যায়, তাহলে একটু থেমে যেতে হবে, তখন কোনও রকম হামলা করলে চলবে না।

৩. যখন আগুন অনেক দূর পর্যন্ত ছড়িয়ে পড়বে, তখন হামলা করার চেষ্টা করুন, যদি তা সম্ভব না হয়, তাহলে যেখানে আছেন সেখানেই দাঁড়িয়ে থাকুন।

৪. যদি বাইরে থেকে আগুন দিয়ে হামলা করা সম্ভব বলে মনে হয়, তাহলে কখনই তা ভেতরে ছড়িয়ে পড়বে, তার জন্য অপেক্ষা করবেন না, নিজের অনুকূল সময় দেখে হামলা করুন।

৫. আগুন লাগিয়ে দেওয়ার পর, সেখানে দাঁড়িয়ে থাকুন যেদিক দিয়ে হাওয়া আসছে। উল্টা দিক দিয়ে হামলা করতে যাবেন না।

৬. সাধারণত দিনে অনেকক্ষণ ধরে হাওয়া প্রবাহিত হয়, রাতে হাওয়ার গতি কমে যায়।

৭. আগুনের সাথে সম্পর্কিত এই পাঁচটা ঘটনক্রম সম্পর্কে জানা যেকোনও সৈনিকের জন্য খুবই জরুরি। সঠিক দিন দেখার জন্য যেমন আকাশের দিকে নজর রাখতে হবে, তেমনি চারদিকে নজর রাখাটাও খুবই জরুরি।

৮. তাই যারা হামলা করার সময়, আগুনের সাহায্য নেয়, তারা নিজেদের বুদ্ধির পরিচয় দিয়ে থাকে। যারা হামলার সময় জলের ব্যবহার করে, তারা শক্তির পরিচয় দিয়ে থাকে।

৯. জলের সাহায্য নিয়ে শত্রুপক্ষের পথ রুদ্ধ করা যেতে পারে, কিন্তু তাদের সমস্ত জিনিসপত্র লুঠ করা সম্ভব না।

১০. ারা কোনও রকম উদ্দেশ্য ছাড়া লড়াই করে ও তা জেতার চেষ্টা করে, তারা দুর্ভাগ্যকে সাথে নিয়ে চলে। তারা হামলা করে সফল হওয়ার চেষ্টা করে, যার পরিণাম সময়ের অপচয় ছাড়া আর কিছুই না।

১১. তাই তো কথায় বলে— বুদ্ধিমান শাসক নিজের বুদ্ধির সাথে পরিকল্পনা করে এগানোর চেষ্টা করে। দক্ষ সেনা নায়ক সেই পরিকল্পনাকে সফল করে তোলে।

১২. যতক্ষণ না কোনও লাভ দেখতে পাচ্ছেন, ততক্ষণ পর্যন্ত কোনও রকম

ভাবেই এগোনোর চেষ্টা করবেন না। যতক্ষণ না কোনও লাভ পাচ্ছেন, ততক্ষণ পর্যন্ত কোনও মতে সৈন্যদের ব্যবহার করবেন না। যতক্ষণ না পরিস্থিতি গম্ভীর হচ্ছে, ততক্ষণ কোনও যুদ্ধ করার প্রয়োজন নেই।

১৩. কোনও শাসকের শুধুমাত্র নিজের রাগ ঠাণ্ডা করার জন্য সেনাদের ময়দানে নিয়ে গিয়ে দাঁড় করানো উচিত না। কোনও সেনানায়কের শুধুমাত্র নিজের জ্বালা দূর করার জন্য লড়াই করা সঠিক হবে না।

১৪. যদি আপনি কোনও লাভ দেখতে পান, তাহলে এগিয়ে যান, আর যদি কোনও লাভ না থাকে, তাহলে যেখানে আছেন চুপচাপ সেখানে দাঁড়িয়ে থাকুন।

১৫. সময়ের সাথে সাথে রাগ খুশিতে বদলে যায়, সমস্ত জ্বালা মিটে গিয়ে সন্তুষ্টি লাভ করা যায়।

১৬. কিন্তু যে রাজ্য একবার নষ্ট হয়ে যায়, তা আর কখনও নিজের অস্তিত্ব ফিরে পায় না। ঠিক তেমনি যারা মারা যায়, তাদের আর ফিরিয়ে আনা সম্ভব হয় না।

১৭. তাই বুদ্ধিমান শাসক সর্বদা সাবধান, আর দক্ষ সেনানায়ক সম্পূর্ণ ভাবে সতর্ক থাকে। কোনও দেশে শান্তি বজায় রাখা ও তার সেনাদের ঐক্যবদ্ধ রাখার সবচেয়ে বড় উপায় হল এটা।

১৩

গুপ্তচরদের ব্যবহার

১. **সুন তজু বলেছিলেন—**
    সহস্রাধিক লোকেদের একত্রিত করে, তাদের অনেকটা দুরে নিয়ে যাওয়া লোকেদের জন্য যেমন ক্ষতি, তেমনি রাজ্যের জন্যও, কারণ তার জন্য রাজ্যের বহু উপকরণ বাইরে নিয়ে যেতে হয়। প্রতিদিনকার প্রায় খরচ এক হাজার রৌপ্যমুদ্রার সমান হয়ে দাঁড়ায়। তাতে করে দেশে বিদেশে হাঙ্গামার সৃষ্টি হয়, রাজপথে প্রচুর লোক মারা যায়। সহস্রাধিক পরিবারের অনেক ক্ষতি হয়ে যায়।

২. যে সেনাদের মধ্যে শত্রুতা থাকে, তারা দীর্ঘদিন ধরে একে অপরের মুখোমুখি করতে পারে। জেতার জন্য একই দিনের মধ্যে তা প্রস্তুত করা যায়। এমন কাজ করার মনে হল, যাতে শত্রুদের পরিস্থিতি নিয়ে অনভিজ্ঞতা থেকে যায়। কারণ অনেকে সঠিক কিছু জানার জন্য সহস্রাধিক রৌপ্যমুদ্রা খরচ করতে ভয় পায়।

৩. যে এই ধরনের কাজ করে, সেখানে কাউই নায়ক হয়ে উঠতে পারে না। বর্তমান সময় তাকে শাসন করার জন্য সহায়তা করেনা, জয়ের কেনো প্রভু থাকে না।

৪. একইভাবে যে বুদ্ধিমান শাসক বা ভালো শাসককে চালাতে জানে, যে জয়লাভের জন্য একজন সাধারণ মানুষের থেকে অনেকটা উপরে পৌঁছানোর ক্ষমতা রাখে, তার ভেতরে আগে থেকেই সমস্ত কিছু যাচাই করার ক্ষমতা থাকে।

৫.   এই পূর্বজ্ঞানকে আবেগের দ্বারা দূর করা সম্ভব না, অভিজ্ঞতা দ্বারাও তা প্রাপ্ত করা সম্ভব না, বা কোনও প্রকার গণনা দ্বারাও তা পাওয়া যায় না।

৬.   শত্রুদের পরিচালনা করার জ্ঞান অন্য লোকেদের থেকেও প্রাপ্ত করা যেতে পারে।

৭.   গুপ্তচরদের সঠিক ব্যবহারের জন্য পাঁচটা ভাগে ভাগ করা যায়

  ১.   স্থানীয় গুপ্তচর।
  ২.   আন্তরিক গুপ্তচর
  ৩.   পরিবর্তিত গুপ্তচর
  ৪.   মিথ্যে গুপ্তচর
  ৫.   সক্রিয় গুপ্তচর

৮.   যখন এই পাঁচ প্রকার গুপ্তচর নিজেদের কাজ শুরু করে, তখন কেউই সেই গুপ্ত-তন্ত্র ভেদ করতে পারে না। একে দৈবিয় ধারার প্রয়োগ বলা যেতে পারে। শাসকদলের কাছে এটা সবচেয়ে মূল্যবান বিষয়

৯.   স্থানীয় গুপ্তচরের অর্থ হল, সেই শহরের কোনও বাসিন্দার সেবা গ্রহণ করা।

১০. আন্তরিক গুপ্তচর শত্রুদের সেই অফিসার, যাদের প্রয়োগ আমরা করতে পারি।

১১. পরিবর্তিত গুপ্তচর সেই, যে শত্রুদের গুপ্তচরদের নিয়ন্ত্রণে রাখতে জানে, আর তাদের নিজেদের উদ্দেশ্য পূরণের জন্য ব্যবহার করে।

১২. মিথ্যে গুপ্তচর তারা, যারা প্রতারণা করে নিজের উদ্দেশ্য পূরণের জন্য কিছু কাজ সকলের সামনে খোলাখুলি করে, আর আমাদের গুপ্তচরদের বোঝানোর চেষ্টা করে, যাতে তারা সমস্ত খবর তাদের দেয়, তাদের থেকে জেনে নিয়ে শত্রুদের কাছে গিয়ে তা জানিয়ে আসে।

১৩. সক্রিয় গুপ্তচর তারা, যারা শত্রুদের শিবিরের মধ্যে গিয়ে সমাচার নিয়ে আসে।

১৪. তাই গুপ্তচরদের বাদ দিয়ে সম্পূর্ণ সেনাদলে আপনি যার সাথে খুশি অন্তরঙ্গ সম্পর্কে স্থাপন করতে পারে। কাউকে খুবই উদারতার সাথে

পুরস্কৃত করা উচিত না। আবার অন্যকোনও কাজের ক্ষেত্রে খুব বেশি গোপনীয়তা রাখাও উচিত না।

১৫. গুপ্তচরদের একটা নির্দিষ্ট ছাড় দিতেই হয়, এই ছাড়টুকু না থাকলে তারা কিছুতেই নিজেদের সম্পূর্ণ কাজটা করে উঠতে পারেনা।

১৬. পরোপকার ও সততার ভাব না থাকলে, তারা কিছুতেই নিজেদের প্রকৃত সেবা দিতে পারবে না।

১৭. মনের সূক্ষ্ম সরলতা ছাড়া, তারা যে রিপোর্ট দিচ্ছে তার মধ্যে কতটা সত্যি আছে তা কেউই বুঝে উঠতে পারেনা।

১৮. সূক্ষ্ম হন! সূক্ষ্ম থাকুন! যেকোনও কাজের ক্ষেত্রে নিজের গুপ্তচরদের ব্যবহার করুন।

১৯. যদি সময়ের আগে গুপ্তচরের দেওয়া কোনও গোপন বার্তা, অন্য কেউ জেনে যায়, তাহলে তাকে সঙ্গে সঙ্গে কোনও রকম চিন্তাভাবনা ছাড়াই মেরে ফেলুন। যে রহস্য জেনে গিয়েছে, তাকে বাঁচিয়ে রাখা যাবে না।

২০. যদি কোনও সেনাকে মারাটাই উদ্দেশ্য হয়, যদি কোনও শহর ছেড়ে যাওয়ার পরিকল্পনা থাকে, যদি কোনও ব্যক্তিকে খুনকরার কথা থাকে, এই ধরনের পরিকল্পনা অনুসারে কাজ করার আগে কয়েকটা জিনিস মাথায় রাখতে হবে— সেনানায়কদের শত্রু-পরিচারকদের, সহায়ক ঠিকানা এবং দারোয়ানদের সম্পর্কে সঠিক তথ্য জানতে হবে। এই ধরনের খোঁজ-খবর আনার জন্য গুপ্তচরদের সম্পূর্ণ রূপে সক্ষম থাকতে হবে।

২১. শত্রুদের গুপ্তচর, যারা আমাদের উপর নজর রাখতে এসেছে, তাদের ঘুষের লোভ দেখাতে হবে, তাদের দূরে কোথাও নিয়ে গিয়ে আরামে রাখার ব্যবস্থা করতে হবে। তাতে করে সে আপনার গুপ্তচর হয়ে যাবে, এবং আপনাকেই শত্রুদের সম্পর্কে বিভিন্ন তথ্য প্রদান করবে।

২২. এই পরিবর্তিত গুপ্তচরদের থেকে যে তথ্য পাওয়া যায়, তার থেকে আন্তরিক ও স্থানীয় গুপ্তচরদের সম্পর্কে জানা যায়, সেই সাথে শত্রুপক্ষের দুর্বলতা গুলি সম্পর্কেও জানা সম্ভব হয়।

২৩. তাদের দেওয়া তথ্যের ভিত্তিতে আমরা এমন মিথ্যে গুপ্তচর তৈরি করতে পারি, তা শত্রুপক্ষকে মিথ্যে খবর দিয়ে আসবে।

২৪. শেষে, তাদের দেওয়া তথ্য অনুসারে নিয়মিত সময়ে সুযোগ বুঝে সক্রিয় গুপ্তচরদের ব্যবহার করা যেতে পারে।

২৫. গুপ্তচর, সে যে শ্রেণীরই হোক না কেন, তাদের শেষ উদ্দেশ্য হল যেভাবেই হোক শত্রুপক্ষের সম্পর্কে গোপন তথ্য জোগার করা। সবার আগে এই তথ্য পরিবর্তিত গুপ্তচরদের থাকে প্রাপ্ত করা যেতে পরে। তাই সবার আগে পরিবর্তিত গুপ্তচরদের সাথে উদারতার সাথে ব্যবহার করতে হবে।

২৬. প্রাচীন কালে ইউন বংশের উদয় হয়েছিল আঙ্গ চি-র জন্য, তিনি হসিয়া শাসনের হয়ে সেবা প্রদান করেছিলেন। ঠিক সেইভাবেই চাউ বংশের উদয় হয়েছিল লু-এর কারণে। তিনি ইউন-এর হয়ে কাজ করেছিলেন।

২৭. ঠিক এইভাবে বুদ্ধিমান শাসক ও দক্ষ জেনারল, যারা গুপ্তচরদের উদ্দেশ্য গুলি জেনে নিয়ে, সেনাদের সর্বোচ্চ বুদ্ধির প্রয়োগ করবে, আর তার থেকে মহান পরিণাম লাভ করতে সক্ষম হবে। গুরুত্বপূর্ণ তথ্য লাভের সবচেয়ে নির্ভরযোগ্য হাতিয়ার হল গুপ্তচর। কারণ সেনারা কতটা সফলতার সাথে এগিয়ে যেতে পারবে, তা অনেকটাই তাদের উপর নির্ভর করে।